SEINE DU PASSÉ

Promenade littéraire et picturale,
au fil de la Seine,
de Rouen au Val de La Haye

Texte : Dominique Bussillet
Documents : Fabien Persil

ÉDITIONS
Charles CORLET

ZI route de Vire
14110 Condé-sur-Noireau

ISBN : 2-85480-689-1

SOMMAIRE

INTRODUCTION

C'est un dimanche de juin 1925. La Normandie connaît une de ces journées chaudes et limpides qui restent longtemps dans les mémoires. Le bleu du ciel, la chaleur douce de l'air, que tempèrent une brise légère et la fraîcheur du fleuve tout proche, les verts incomparables de l'herbe, des feuilles, qui s'harmonisent aux touches de couleur des fleurs, tout cela se réunit et se confond pour créer cette ambiance fluide, ce bien-être pénétrant, cette euphorie languissante, qui incitent à la promenade champêtre des milliers de citadins.

Si Paris a ses banlieues (Saint-Cloud, Neuilly, les bords de la Marne...) la Normandie offre mille ressources au promeneur de l'époque. Une des « bonnes adresses », en cette année 1925, pour les Rouennais avides d'air pur, c'est la rive droite de la Seine, avec ses îles, qui sont autant de « restaurants champêtres » (selon la jolie expression d'un petit livre intitulé *de Rouen à la mer, itinéraire archéologique et pittoresque*), et ses auberges.

L'une d'entre elles, au Val de La Haye, mérite qu'on s'y arrête ; ainsi que le dit Edmond Spalikowski, dans un de ses livres *Sur les Routes Normandes* : « ... Comment ne pas remarquer, même en voguant à toute vapeur, le coquet Hôtel du Méridien où le bon peintre Conrad a su créer un gîte artistique, pittoresque et accueillant ? » Et Paul Cauchois de renchérir, dans un article intitulé « la plus jolie promenade aux environs de Rouen » (paru dans *Les Côtes Fleuries de Normandie* de juillet 1925), qu'il faut : « avoir retenu sa table à l'Hostellerie du Méridien ».

En effet, Georges Conrad, illustrateur de talent, a eu la bonne idée d'ouvrir auberge au Val de La Haye, ce haut lieu de villégiature et de promenade en ce début de siècle; et il faut voir, le dimanche, les promeneurs débarquer au ponton en rangs serrés, venus de Rouen par le « vapeur », tandis que les voitures progressent paisiblement sur la route qui longe la Seine.

Les plus pauvres d'entre eux se contenteront de remplir leurs yeux et leurs poumons, en se promenant le long du fleuve, en famille ou avec des amis, ou en amoureux, et en s'asseyant dans l'herbe fraîche qui habille les talus.

Les plus aisés se dirigeront nonchalamment vers l'Auberge du Méridien, dont les publicités dans les journaux et les guides vantent la qualité des mets et la beauté du site. Conrad luimême illustre ces encarts de croquis tentateurs.

Les tables et les chaises disposées dans le jardin, à l'ombre des pommiers, sont vite occupées. L'aubergiste s'empresse auprès de chacun et de tous, il fait si bon en ce dimanche !

Ici et là, on reconnaît quelques peintres à leur attirail, chevalets et boîtes de couleurs. Ils goûtent un repos bien mérité, après avoir reproduit sur leurs toiles encore fraîches de peinture les brumes matinales et la luminosité douce de ce coin de Normandie ; et peut-être ne résisteront-ils pas, tout à l'heure, à l'envie d'immortaliser les lueurs finissantes du soleil irradiant la Seine et ses méandres. Ils feront fi des cheminées d'usine qui disgracient la rive opposée, et ne s'intéresseront qu'aux demi-teintes d'une belle fin d'après-midi.

Pour l'heure, l'ambiance est à la bonne humeur, à la franche cordialité. Guy de Maupassant aurait aimé cet endroit ; peut-être y aurait-il situé une de ses nouvelles, s'il n'était mort quelque 32 ans plus tôt…

Le lieu est pittoresque, l'aubergiste a le verbe facile, les senteurs des pommiers se mêlent à l'arôme de la bonne chère.

Les robes sont fraîches et colorées, soies vertes et bleues, crêpes de Chine de nuances pastel, mousselines multicolores qui frémissent dans l'air léger, et font comme un parterre de fleurs dans ce jardin.

À une table, un homme robuste et jovial parle d'abondance avec une jeune femme en robe de soie jaune paille. Une petite fille d'une douzaine d'années suit la conversation de ses parents avec une attention soutenue : ils envisagent de quitter Paris pour acheter une maison dans ce village verdoyant qui les a séduits. Monsieur pourra continuer ses affaires d'import-export à

Rouen ; Madame sera au bon air, et fortifiera une santé fragile, Mademoiselle pourra prendre ses leçons à Rouen. Conrad, appelé à la rescousse, confirme la première impression, si favorable : le pays est agréable, idéalement situé, desservi par la route et le bateau. En prenant le bac et le train sur l'autre rive, ou par les bateaux qui font régulièrement le trajet, il est si facile de rejoindre Rouen. Et quelles excursions, quels beaux paysages offerts par cette Seine toujours renouvelée ! Outre cela, impossible de craindre l'ennui, que redoutent ces Parisiens : le pays est si animé. « Voyez, dit l'aubergiste avec un geste large vers le jardin et les salles où se pressent les dîneurs, c'est comme cela tous les dimanches ! » Et la petite fille de conclure très sérieusement : « Oui, c'est vraiment délicieux, ici ! »

Le promeneur qui s'aventurerait, un jour de 1997, dans ce même Val de La Haye, ne retrouverait sans doute pas grand-chose de cette ambiance. La rive gauche de la Seine s'est monstrueusement industrialisée, et la rive droite elle-même, quoique davantage préservée, n'a pu y échapper, malgré les efforts des amoureux de cette contrée, tel Conrad, à qui Edmond Spalikowski, clairvoyant, donnait ce conseil dans la revue *Les Côtes Fleuries et le Pays Normand* de l'automne 1925 : « Aiguisez bien votre crayon, mon cher Conrad, le temps viendra où le logis du Méridien restera le dernier spécimen de la Maison normande, que l'on voudra voir et admirer. À moins que les poteaux de transport de force et de lumière n'en dérobent le visage par un hideux réseau de cuivre ou d'acier, la voilette de nos élégantes d'hier n'étant qu'un gracieux tissu auprès du carrelage métallique dont on affublera bientôt les paysages. »

Mais Conrad est mort en 1936, et si la vieille maison du Méridien reste encore debout et conserve, pour le visiteur averti, la mémoire de ses splendeurs, elle a depuis longtemps cessé d'être une auberge et croule peu à peu sous le poids des ans. Quant au « réseau de cuivre ou d'acier » redouté par Spalikowski, il est devenu réalité : les usines succèdent aux silos et les silos aux centrales électriques, les camions passent à grand fracas, et pourtant... un charme subsiste ; les fées, Nymphes et Naïades chères aux auteurs normands de ce début de siècle sont sans doute restées embusquées derrière quelque bosquet, et l'on se plaît, entre deux cheminées fumantes, à travers le trafic grondant, à rechercher les traces de cette époque...

C'est à la recherche de cette *Seine du Passé*, passé pas si lointain, somme toute, que nous voudrions vous entraîner, à travers souvenirs, textes, photos, tableaux ou cartes postales, dans le sillage d'un de ces vapeurs qui naviguaient sur le fleuve au début de ce siècle.

Notre propos ? Vous servir de guide au long de cette flânerie, nous arrêter à chacun des villages que desservait le bateau : Croisset, Dieppedalle, Biessard, le Val de La Haye, admirer les îles et les sites, et puis, pourquoi pas, finir notre visite à l'Auberge du Méridien, en ressusciter l'ambiance, nous attarder auprès des peintres et des écrivains qui ont aimé ce coin de Normandie, puis évoquer ce que fut la vie quotidienne en ce début de siècle...

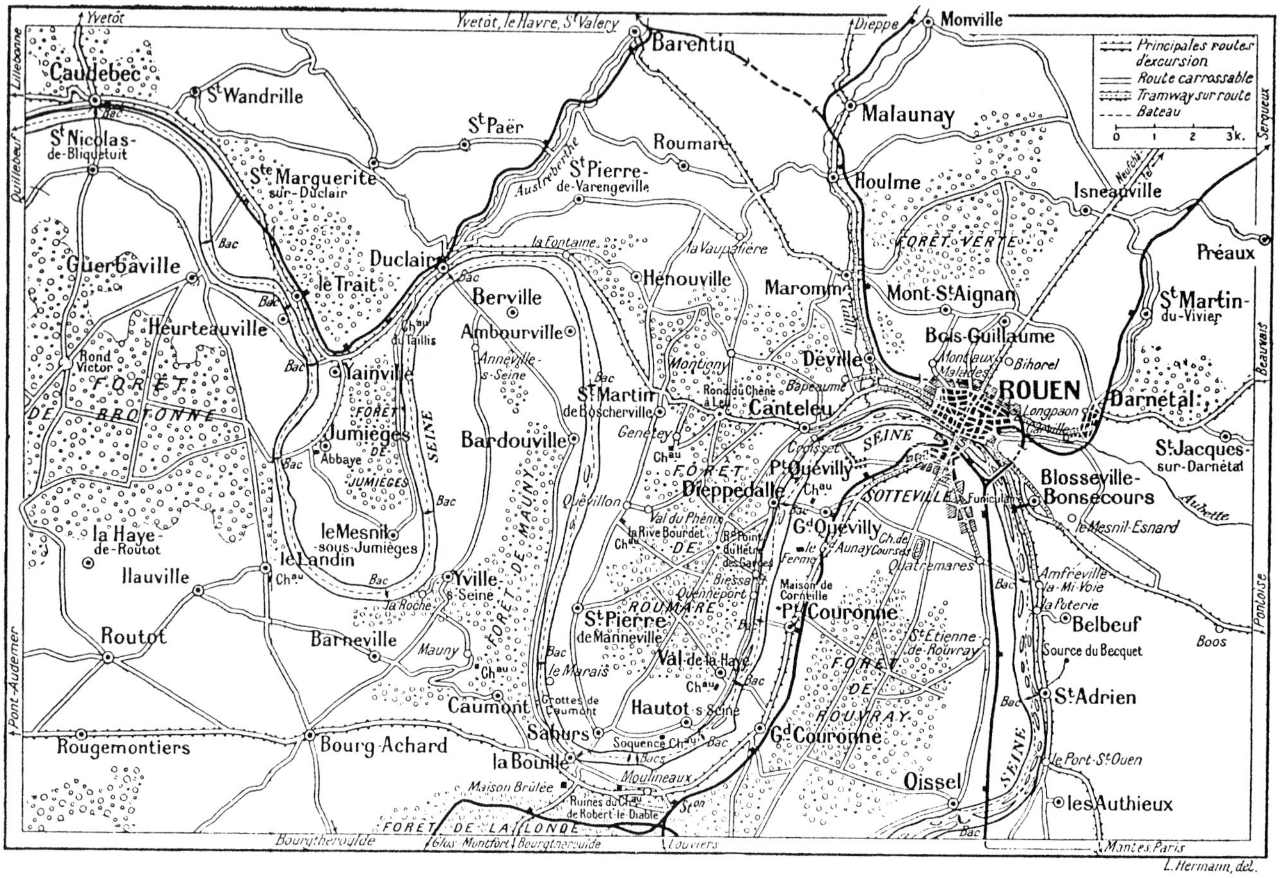

L. Hermann, del.

ENVIRONS DE ROUEN

Chapitre I

LA SORTIE DE ROUEN

Avant d'embarquer à bord d'un de ces bateaux qui font l'excursion de Rouen à La Bouille, ou de Rouen au Havre, peut-être est-il bon de donner quelques repères géographiques.

Point n'est besoin de présenter Rouen ; ou plutôt, laissons Eugène Noël en décrire le site, en 1894, dans son livre : *Rouen, Rouennais, Rouenneries* :

« Assise poétiquement au bord de la Seine, les pieds dans l'eau, sur un coteau faisant face au midi, la vieille ville, Rouen (autrefois Ratumakos) voit son beau fleuve décrire devant elle ses courbes gracieuses.

Un cercle grandiose de collines élégantes entoure le paysage ; ici et là se mirent dans les eaux, non loin de la grande ville, les petites villes et villages : en aval, Petit et Grand-Quevilly, Petit et Grand-Couronne, Bapeaume, Croisset, Dieppedalle et, sur la hauteur (on pourrait dire dans le ciel), Canteleu, et sa petite église, dont le clocher pointu s'aperçoit de partout. »

Cette énumération des villages en aval de Rouen comprend aussi bien la rive droite que la rive gauche du fleuve. Elles sont pourtant bien différentes : la rive gauche, c'est Petit-Quevilly, Grand-Quevilly, Petit-Couronne, Grand-Couronne, dont Eugène Noël dit plus loin, dans le même ouvrage :

« Que de voyageurs à Rouen, sur cette rive gauche de la Seine, ont été saisis de vertige en visitant ces ateliers immenses où tout s'agite et tourne sous vos yeux, tremble sous vos pas, où l'on a le bruit infernal de centaines de métiers dirigés par des centaines d'ouvriers ou d'ouvrières. »

Quel contraste entre cette rive manufacturière, tôt industrialisée, et la vieille rive droite, qui voit, au sortir de Rouen, se blottir les villages fleuris de Croisset, Dieppedalle, Biessard et le Val de La Haye, entre fleuve et falaise. C'est d'ailleurs cette falaise qui fait obstacle à l'envahissement de l'industrie. Certes, quelques usines se sont déjà implantées, et cela paraît bien normal à une époque où l'industrialisation semble la solution idéale pour le progrès et le bien-être de tous, mais l'ampleur du paysage offert par la Seine, les navires et bateaux de toute sorte qui la sillonnent, l'inflexion verdoyante des coteaux qui la bordent, gardent à cette rive droite du fleuve tout son charme et son attrait. Cela ressort éloquemment de la lecture des guides et revues touristiques, qui ne tarissent pas d'éloges et de descriptions flatteuses, incitant les touristes à la découverte et à l'excursion.

Écoutons d'ailleurs ce qu'en dit Georges Dubosc, en 1924, dans le guide descriptif du *Voyage de Rouen au Havre par la Seine-Maritime* :

« La descente de la Seine [...] vaut la descente tant vantée du Rhin. C'est la meilleure manière de faire connaissance avec le pays normand, qu'on aperçoit, sans fatigue, sous ses aspects les plus variés, les plus changeants et les plus pittoresques.

Dans la première partie, c'est le charme intime d'une Nature modérée et calme : coteaux peu élevés, aux pentes adoucies, couvertes par les frondaisons des forêts ; grasses prairies bordant le fleuve ; falaises crayeuses venant surplomber les détours du fleuve. Partout, des villages dont les clochers pointent dans la verdure, des petites villes pittoresques placées au débouché des vallées, des ruines de châteaux ou d'abbayes, évoquent les souvenirs historiques.

Dans la seconde partie de l'excursion, à mesure qu'on se rapproche de la mer, le caractère du paysage change et l'on est frappé de l'ampleur et de la grandeur majestueuse qu'il revêt, quand le fleuve s'épand dans l'estuaire. »

Notre ambition est modeste : pour notre part, nous n'irons pas plus loin que le Val de La Haye, et cette promenade d'une quinzaine de kilomètres suffira à nous faire découvrir quantité de sites, monuments et personnages.

Maintenant que nous avons délimité l'espace, il faut bien nous limiter dans le temps : nous nous contenterons d'évoquer, à quelques exceptions près, une période allant de 1870 à 1930 : soixante années qui connurent deux guerres, celles de 1870 et 1914, et les mutations parmi les plus importantes qu'ait connu l'humanité en un laps de temps aussi court. L'industrialisation, commencée dans l'enthousiasme, contre laquelle ne s'élevaient que quelques voix d'artistes, au nom de la protection des sites, a contribué à changer les façons de vivre. Elle a enraciné dans les habitudes quotidiennes les déplacements de longue distance, l'utilisation de moyens de transports tels que le train, l'automobile ; elle a modifié radicalement la navigation, tant fluviale que maritime, l'habitat et le tourisme ont dû s'adapter. Pourtant, ces soixante années connurent encore un certain « art de vivre » : l'abondance des descriptions romantiques, voire lyriques, de cette rive droite de la Seine, ainsi que les nombreux tableaux qui la montrent sous tous ses angles, à toutes les heures, nous ont laissés rêveurs.

Plusieurs solutions s'offrent à nous pour effectuer notre promenade. Paul Cauchois, toujours dans *La plus jolie promenade autour de Rouen*, nous dit que « cette excursion peut aussi bien se faire à pied, en utilisant le confortable bateau de La Bouille, à bicyclette ou en voiture [...] Elle remplit parfaitement le programme d'une journée complète de tourisme ou celui d'une rapide randonnée automobile de quelques heures. »

À pied, ou à bicyclette, voilà qui est fort simple : le *Guide Joanne* de 1913 nous informe que : « on sort de Rouen par le quai du Havre, le quai Gaston Boulet et la barrière du Havre. La route continue à longer la Seine ».

C'est ensuite le boulevard de Croisset, planté d'arbres de chaque côté, dont François Depeaux, en 1907, disait que « cette magnifique avenue est appelée à devenir une des plus belles promenades de Rouen ». Cette prophétie (qui ne se révèle pas exacte de nos jours, car ce boulevard, qui a gardé son nom, s'il est toujours planté d'arbres, se déroule maintenant entre hangars, chantiers, camions, trains de marchandise, et ne donne plus guère envie d'y flâner) se trouve dans un petit opuscule intitulé *Projet de bassin à flot*. François Depeaux, négociant, armateur (et aussi mécène inspiré) s'élevait contre un projet de remaniement des prairies Saint-Gervais dont il montrait, sur un croquis, les difficultés d'utilisation et d'exploitation. Il craignait surtout, en raison de l'entrée du bassin qui aurait coupé le boulevard de Croisset, que : « ceux qui, dans l'avenir, auraient affaire de Rouen à Croisset, Dieppedalle, Biessard, Val de La Haye, etc., ou vice-versa, soient obligés de contourner le bassin ».

Boulevard de Croisset

Pour ceux qui préféreraient la voiture, le *Guide Joanne* propose la « voiture de place » à « 3,50 F la course », la « voiture de louage », 15 F environ pour l'ensemble de l'excursion, ou le « taxi-auto ».

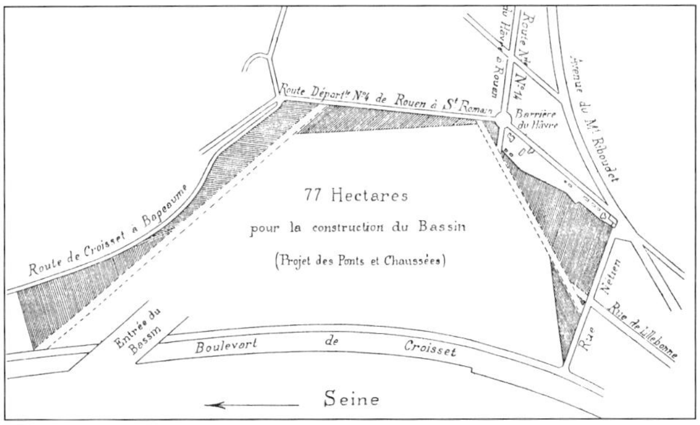

En bateau, l'excursion peut se faire par la ligne de Rouen au Havre, ou bien par le service de Rouen à La Bouille (nous reviendrons plus en détail, au chapitre X, sur les horaires et fréquences de ces lignes). Un petit guide touristique, intitulé *Voyage de Rouen à la Mer*, nous donne la description suivante :

« Le bateau qui transporte les voyageurs pendant la saison d'été se nomme *L'Union*. C'est une sorte de ponton à deux étages, l'un couvert d'un plancher supporté sur de légères colonnes en fer, laissant une sorte de promenoir garni de banquettes, à peu de distance du niveau de l'eau, et offrant à l'avant et à l'arrière deux larges espaces sur lesquels on peut s'installer aisément. À l'intérieur sont aménagées avec un certain luxe – pour les premières surtout – deux vastes chambres où l'on peut se réfugier en cas de mauvais temps.

L'étage supérieur, auquel on accède par de doubles escaliers, est également garni de nombreuses banquettes, et l'arrière est protégé par une tente des ardeurs du soleil.

Une petite toiture dentelée abrite un espace réservé au capitaine, dont la passerelle de commandement peu élevée sépare le pont en deux parties.

Lorsque la cheminée du bateau lance de gros flocons de fumée, que les timoniers aux deux extrémités manœuvrent les roues du gouvernail, que le sifflet à vapeur ou la cloche du bord se font entendre, et que par un jour de beau temps les pavillons aux brillantes couleurs flottent dans les airs, *L'Union* ne permet pas de regretter les bateaux étroits et resserrés qui faisaient autrefois ce trajet, et commodément installés à son bord, le voyageur et le touriste se disposent à entreprendre facilement une fort agréable excursion. »

Un autre Guide, publié en 1890 et intitulé *Le Guide du promeneur autour de Rouen*, nous dit que : « le dimanche, la vénérable *Union*, dont l'étage en plate-forme rappelle les grands steam-boats de l'Amérique, débarque à Croisset, Dieppedalle, Biessard, le Val de La Haye, Hautot Sahurs et La Bouille, les promeneurs par milliers. »

Avant d'embarquer, il nous reste une dernière formalité à accomplir : faire un détour par Canteleu.

524 **ARRONDISSEMENT DE ROUEN**

Fonderie de fonte : Pinel.
Géomètre-Architecte : Thouvenin.
Impressions sur tous genres d'étoffes : Nicolas.
Indiennes (fabr. d') : Besselièvre fils.
Logeur de chevaux : Canchel.
Machines à briques : Couture. — Duboc.
Maçons : Boursette. — Grébauval. — Lefez. — A. Rasse. — L. Rasse. — N. Rasse. — Senard.
Maréchaux : Duboc. — Lefebvre.
Mécaniciens : **E. LŒVENBRUCK**. (*V. Annonces.*)— Senard.
Menuisiers : Couture. — E. Deshayes.— Homo. — Morice.
Minoterie : Ernest Bouteiller.
Modistes : Mmes Lainé. — Roger.
Monuments funèbres: Berrubé.
Nouveautés : Burette.
Peintres : Contremoulin.—Le Cornu.
Pharmacien : Sanson.
Plâtre (march. de) : Lenoir.
Pressoirs (f. de) : A. Couture.
Pressoirs (loueurs de): Lassie. — Leretour. — Levistre. — Pavie. — Petit.
Produits chim. : Geigy et Cie.
Quincailliers: Benet.—Blivet. — L. Conseil. — Ernoult.
Restaurateurs : Baurenhaas. — Canchel. —Vve Cornier. Vve Fieux.— Huré.— Pinel — Saubron.
Robinetterie : A. Bocquet fils et Cie.
Rouenneries : Lasnon.
Suif (fonderie de) : Ernoult.
Tabac : Aubert. — Conseil. — Vve Legeay.— Saubron.
Tanneur : Néel.
Teinturier: Nicolas.
Tissage mécanique : Drouet. — Gibert. — Hédouin. — Rallu.
Travaux publics : Lenfant.
Usines d'effilochage de laines et de cotons : Colbeck et Greaves.
Vins et spiritueux : Boné.
Volailles: Carpentier.—Gagu. Toutaint.
VILLA CAPI : G. Leseigneur.

Canteleu, 3553 habit. — Commune composée de 4 sections : Canteleu, Bapeaume, Croisset, Dieppedalle (et hameau de Biessard), — à 4 kil. de Rouen. — ⊠ de Déville-lès-Rouen (à 6 kil.). — ⊤ de Bapeaume (à 3 kil.).— de Maromme (à 7 kil.) ou de Rouen r. dr. (6 kil.).

CANTELEU 1 023 habit.
Agriculteurs : Asselin. — Bourgeois. — Chéron. — Cauvin. — Eassery. — Lemoine. — Prat.
Boulanger : Delafosse.
Couvreur : Trouillet.
Epiciers-Cafetiers : Cauvigny. — Vve Chevalier. — Lécuyer. — Machy. — Morel. — E. Tellier. — Valentin.
Gardes-forestiers : Lépine, brigadier. — Delacour. — Fourment. — Noyales.
Hôtels : Bataille. — Duclos.
Maçon : Gazet.
Maréchaux : Bénard. — Doiselet.
Médecin : Dr Lecourt, A.
Menuisiers : Fossard. — Platel.
Peintre : Levallois.
Tabac : Lécuyer. — Quesnelle.
Voituriers : Bataille-Duclos.

Propriétaires, rentiers : Paul Bérard. — Gaston Bertel. — Jules Dubosc. — Couvet. — Dr Hellot.
Léon Prat.
Georges Bouctot.
Vve Aug. Pinel.
De Merval.
Vve G. Bertel.
Mme Ed. Lefebvre.
Couvet.
Mme Prévost.
Gustave Prat.

BAPEAUME, important village industriel, à 3 kil. de Rouen — ⊠ de Déville-lès-Rouen (à 3 kil.). — de Maromme (à 7 kil.). — ⊤. — 1 066 habit.
Blanchisserie : Aubert. — E. Dubreuil.
Bouchers : Cocatrix. — Marois. — Mauger.
Boulangers : Briffault. — Deschamps.
Charbons : Leblond.
Charcutier : Lemaréchal.
Chaudronnier : Bertz.
Coiffeurs : Aubé. — Lefort.
Constructeur-mécanicien : E. Tougard, ingénieur.
Coton (filature de) : Baron.
Distillerie de grains : Bugnot-Colladon et G. Boulet.
Entrepreneurs : Brunet fils.— Leseur.
Epiciers, merciers et débitants : Vve Andrieu. — Auber. — Constantin. — Cuvier. — Vve Denis. — Dévé. —Evrard.— Vve Gambet.— Hamel. — Hardy. — Lefrançois. — Paris. — Passas.
Maréchal : Bertz.
Menuisiers : Ledain.— G. Paris.
Moulins de Bapeaume : Fondimare.
Produits chimiques : Dubosc et Heuzey.— P. Horteloup.
Tabac : Vve Andrieu.
Teinturiers : Lecœur frères.
Tannerie : Mabire.
Propriétaires, rentiers : Comte des Préaux. — G. Boulet. — Chandon. — Chistel. — A. Decaux. — E. Dubreuil. — Vve Gasly. — Mme G. Lecœur. — M. Lecœur. — Lefrou.

BIESSARD, hameau, ⊠ ⊤ de Dieppedalle-Croisset.

CROISSET, 3 kil. de Rouen. — ⊠ ⊤ de Dieppedalle-Croisset. — 650 hab.
Cercle Nautique, Ch. Bellamy.
Blanc de craie : A. Lesieur.
Bois (marchand de) : Leroux.
Brasseur : Wagner.
Charpentier Duclos.
Constructeur de navires : A. Le Brasseur.
Distillerie d'alcools de Croisset-Rouen : N....., dir.
Entrepreneur de bâtiments : Rémond.
Epiciers-débitants : Carpentier. — Colange. — Doudement. — Duvrac. — Grandsire. — E. Grevin. — Théroude.
Extraits de bois de teinture : Lucien Duclos.
Four à chaux : Barré.
Menuisiers : Lebourgeois. — Senard.
Produits chimiques (fabr. de): Lucien Duclos.
Vins et spiritueux : Bellamy et Brosset.

Propriétaires, rentiers : Baron de Mauny. — Victor Allais. — J. Chavoix. — Lucien Duclos. — Claude Lapierre. — E. Vinet, *maire de Canteleu*. — E. Wagner.

DIEPPEDALLE, à 5 kil. de Rouen. — ⊠ ⊤. — 809 hab.
Agriculteur : Benoit.
Alcools (fabr. d') : Hardel.
Blanc de craie (fabr.) : Faucon. — Goubet. — Langlois. — F. Leudet fils. — Thorel.
Boulangers : Aubé. — Lepaumier.
Cafés-restaurants : Grenet. — Mlle Lefebvre.
Constructeur de barques :
Epiciers-Débitants : Allais, Bourgachard. — Vve Delahaye. — Senard-Sionville. — Violette.
Pensionnats de demoiselles : Sœurs Saint-Joseph de Cluny.
Pétrole : Deutsch et ses fils.
Produits chimiques (fabr. de): Hardel.
Vins et Spiritueux : Ravinet. — Tuffière. — *La Vinicole*, L. Bayeux, dir.

Propriétaires, rentiers : Mme Davey. — Vve E. Duchemin — Mme Vve Auguste Hardel. — Mme Vve J.-B. Hardel. — Raoul Hardel. — J.-M. Lapierre. — Armand Lemelle. — Vaudescal.

CROISSET-DIEPPEDALLE. — *Le sectionnement.* — Au sujet du résultat de la délibération du Conseil municipal de Canteleu, qui a été défavorable à la proposition demandant que la section de Dieppedalle-Croisset soit érigée en commune distincte, on nous écrit de Dieppedalle :

« Pour que le public se fasse une idée exacte de ce vote, il est indispensable de rappeler que la section de Dieppedalle-Croisset ne compte, au Conseil municipal de Canteleu, que quatre membres, qui se trouvent forcément en minorité, les membres élus par les sections de Bapeaume et de Canteleu n'étant naturellement pas disposés à admettre la séparation.

» La question ne pourra être tranchée que par le Conseil général, et, en dernier ressort, par le Conseil d'Etat. Le vote du Conseil municipal, en conséquence, ne préjuge en rien du résultat final. »

ARRONDISSEMENT DE ROUEN. 385

Conseil municipal.— Lenfant, Saubron, Delamare, Chauffray, Aubert, Bouteiller, Fort, Tellier, Mignot, Contremoulin, Rouas, Boné, Danet, Peulvé, Lenoir et Dénel.
Clergé. — Déhays, curé-doyen; Lemire, vicaire.
Justice de paix. — Bévalet, juge; Danet et Mainnemare, suppléants; Peulvé, greffier.
Notaires. — Lecœur, à Bondeville; Mainnemare, à Déville.
Huissiers. — Piel, à Maromme; Voitard, à Malaunay.
Contributions directes. — Girault, à Maromme; Flageollet, à Déville.
Enregistrement. — Lemunier, à Maromme.
Poste et télégraphe. — Mlle Masqueray, receveuse.
Gendarmerie. — Drouin, maréchal-des-logis.
Instruction publique.— Legrand, institut.; Mlle Meunier, inst. — Délégation cantonale : Louis Besselièvre, présid.; Dauge. Lemarchand, Reber, Crétay, Pellerin, Pavillon, Wagner, Sauvage, Vinet, Quillebeuf, Mainnemare.
Bureau de bienfaisance. — L. Besselièvre, prés.; Guillard, Lenfant, Boné, Saubron, Chauffray, Contremoulin et Fort.
Hospice communal. — L. Besselièvre, président; Aubert, Dénel, Fort, Saubron, Lenfant et Tellier, membres; Mlle Derivery, directrice; Saubron, économe.
Médecins. — Beltzer, à Maromme; Lefebvre, Bataille et Wagner, à Déville; Rocher, à Canteleu.
Pharmaciens. — Samson, à Maromme; Sauvage, à Malaunay; Cousin et Hennetier, à Déville; Fontaine, à Bondeville; Maupas, au Houlme.
Sapeurs-pompiers. — A. Senard, capitaine.

CANTELEU.

(SECTIONS : 1° Bapeaume; 2° Dieppedalle-Croisset; 3° Canteleu-Eglise.)

Municipalité. — E. Vinet, maire; G. Lecœur et E. Platel, adjoints — Bureaux : Robert, secrét.; Morin, secrét.-adj.
Clergé.— Rollin, curé; Wargnier, vicaire, à Canteleu; Guilbert, desserv. à Bapeaume; Merdieu, aumônier a Ste-Barbe.
Poste et Télégraphe. — Mlle Courtin, receveuse à Dieppedalle-Croisset; Robert et Morin, agents du télégraphe, à Bapeaume, bureau desservant Canteleu-Eglise. — Bureau de Déville-lès-Rouen pour Bapeaume.
Contributions directes. — Flageollet, percepteur, à Déville.
Douanes. — Challou, receveur, à Dieppedalle.
Contributions indirectes.— Lesaunier, receveur, à Croisset.
Instruction publique.— Magnier, à Bapeaume; Fournoult, à Canteleu-Eglise; Maret, à Dieppedalle-Croisset; — les religieuses d'Ernemont, à Canteleu-Eglise; Mme Caulier, à Bapeaume; les dames de St-Joseph de Cluny, à Dieppedalle.
Médecin. — Jules Rocher.
Sapeurs-pompiers. — Lecœur, capitaine, à Bapeaume.
22

Chapitre II

CANTELEU

Si nous avons décidé de nous arrêter à Canteleu, c'est pour deux raisons : l'une est administrative, l'autre est littéraire.

La raison « administrative » est que, en fait, les villages que nous nous apprêtons à visiter font partie de Canteleu. Le *Guide du promeneur autour de Rouen* nous précise :

« La première station de la rive droite que l'on rencontre en quittant Rouen est Croisset.

C'est une section de la commune de Canteleu, dont dépendent Bapeaume, Croisset et Dieppedalle, que l'on prend souvent pour autant de communes distinctes, à cause de leur étendue et de leur situation au bas du coteau élevé où Canteleu est bâti. Le territoire de Canteleu embrasse d'ailleurs près de 2 000 hectares, alors que celui de Rouen n'excède guère 1 800. »

Les annuaires de Rouen des années 1899 et 1900 confirment ces indications, et nous apprennent que les quatre sections composant la commune de Canteleu voyaient leur population se répartir ainsi (Biessard étant un hameau de Dieppedalle-Croisset) :

Canteleu 1 023 hab.,
Bapeaume 1 066 hab.,
Croisset 650 hab.,
Dieppedalle 809 hab.

Il semble d'ailleurs que cette dépendance par rapport à Canteleu ait parfois été mal vécue, du moins par la section de Croisset, puisque Georges Dubosc, dans un article du *Journal de Rouen* du 3 août 1902, intitulé : « Croisset et Canteleu, à propos de leur séparation », nous informe que « Croisset et Canteleu bataillent et veulent se séparer pour incompatibilité d'humeur. » Cette demande de séparation n'obtint d'ailleurs pas gain de cause.

Il est intéressant de noter ici que la mairie de Croisset, édifiée à Croisset en 1937, porte en frontispice la mention « Mairie de Canteleu ». Cette mairie a d'ailleurs une autre particularité : elle est la réplique de l'hôtel de ville d'Oslo.

Sur le plan administratif, nous avons peu d'autres renseignements. *Le Guide Joanne* de 1913 est laconique sur Canteleu :

« À l'entrée de Croisset, la route de Canteleu s'ouvre à droite et s'élève en serpentant.

Canteleu, 3 600 habitants, occupe le sommet d'une colline d'où l'on jouit d'une vue magnifique sur la vallée de la Seine »

Un petit guide intitulé *Rouen Ville-Musée* et édité en 1922 par le Syndicat d'Initiative de Rouen n'est guère plus loquace :

« Canteleu. Panorama de la ville et de la vallée de la Seine. Église (XVIe siècle). Château bâti par Mansart. »

L'édition de 1926 du même guide précise :

« Toujours sur la rive droite, sur les hauteurs qui dominent la vallée de la Clairette, les nouveaux bassins Saint-Gervais et les communes industrielles de Bapeaume, Déville et Maromme, se découpe l'église de Canteleu (XVIe siecle) et s'aperçoivent plusieurs châteaux dans la verdure, notamment le Château de Canteleu (XVIe siècle), construit par Mansart, mais transformé de nos jours. Belle terrasse d'où vue sur Rouen et la Seine. »

Ceci nous amène à notre deuxième raison d'évoquer Canteleu, qui est d'ordre littéraire, et... esthétique. En effet, si Canteleu n'est pas situé en bordure du fleuve, et devrait donc échapper à notre promenade, il domine superbement Croisset, et le panorama que l'on peut admirer de ses hauteurs a été célébré par maints écrivains, à commencer par Eugène Noël, toujours dans *Rouen, Rouennais et Rouenneries*, qui nous dit :

« Un horizon superbe se déploie ; la Seine au premier plan, et là-bas de gracieux coteaux, Canteleu et sa petite église, dont le clocher, qu'on découvre de trois lieues à la ronde, a je ne sais quoi d'élégant et de gai. Canteleu était la paroisse de Gustave Flaubert, qui écrivit son plus célèbre roman au pied de ce coteau, Croisset n'étant qu'un hameau de Canteleu. Quant à Canteleu (autrefois rendez-vous des loups, *chante-loup*), au dire de Voltaire, qui y séjourna plusieurs fois, c'était un des plus beaux lieux du monde.

Les bois de Canteleu sont aujourd'hui encore un Éden, et, lorsque de ces bois on redescend par Croisset, pour revenir à Rouen, on peut se vanter d'avoir fait une promenade rare : bois, coteaux, sentiers pleins de mystère et de paix, panoramas immenses, rives délicieuses de la Seine ; on rentre à la ville heureux et vivifié, surtout si l'on a fait ce pèlerinage au temps des roses. »

D'ailleurs Eugène Noël, encore lui, nous rappelle, un peu avant dans le même ouvrage, que : « Voltaire, au siècle dernier, écrivait des hauteurs de Canteleu que la Normandie serait le plus beau pays de France, si elle avait un peu plus de printemps. »

Peu après, il décrit une des promenades préférées des Rouennais :

« C'était une des merveilles de la ville, ce pont mobile que l'on voyait hausser et baisser avec la marée, qui présentait à son entrée tantôt une descente et tantôt une montée rapide, sur lequel on se sentait doucement bercé, qui s'enfonçait et se relevait par tronçons au passage des voitures, et que l'on enlevait aux jours de grandes débâcles, lorsque la Seine avait gelé. C'était d'ailleurs un des promenoirs les plus fréquentés de la population rouennaise, des bancs nombreux permettaient de s'y asseoir et d'y passer aux soirées d'été des heures délicieuses ; sur les bancs qui regardaient l'aval on avait en vue le coucher du soleil derrière les coteaux de Canteleu. »

Et puisque Eugène Noël a cité Gustave Flaubert comme paroissien de Canteleu, cela nous amène tout naturellement à citer deux extraits de lettres que Flaubert adressa à sa nièce Caroline :

> 31.12.1876
>
> « Hier, pour rafraîchir ma pauvre caboche, j'ai fait une promenade à Canteleu. Après avoir marché pendant deux heures de suite, Monsieur a pris une chope chez Pasquet où on récurait tout, pour le Jour de l'An. »
>
> 21.01.1877
>
> « Je me suis promené deux heures à Canteleu avant-hier. Il faisait tellement beau qu'à un moment j'ai défait ma douillette d'ecclésiastique, je suis resté en gilet. »

Émile Zola, lui, décrit comme natifs de Canteleu deux des personnages de son roman *La faute de l'Abbé Mouret* :

« Ah ! si vous aviez connu M. Caffin, le pauvre défunt curé que vous avez remplacé ! Voilà un homme qui était douillet ! Il n'aurait pas digéré, s'il avait mangé debout. C'était un Normand, de Canteleu, comme moi. »

Ainsi s'exprime la Teuse, servante de l'abbé Mouret, qui expliquera plus tard :

« Eh bien, l'abbé Caffin, dans notre pays, à Canteleu, avait eu des ennuis. C'était pourtant un bien saint homme, et qui possédait un caractère d'or. Mais, voyez-vous, il était très douillet, il aimait les choses délicates. Si bien qu'une demoiselle rôdait autour de lui, la fille d'un meunier que ses parents avaient mise en pension. Bref, il arriva ce qui devait arriver, vous me comprenez, n'est-ce pas ?... Alors, quand on a su la chose, tout le pays s'est fâché contre l'abbé. On le cherchait pour le tuer à coups de pierres. Il s'est sauvé à Rouen, il est allé pleurer chez l'archevêque. Et on l'a envoyé ici. »

Faut-il rapprocher cette intrigue de l'événement que Gustave Flaubert rapporte ainsi à Guy de Maupassant, dans une lettre non datée :

> « L'aumônier du petit collège de Rouen (Joyeuse) ancien vicaire de Grand-Couronne, vient d'enlever une jeune fille. Tous les deux ont disparu. »

Puisque nous parlons de Guy de Maupassant, nous ne pouvons manquer de citer ici la célèbre description du panorama de Canteleu, qui prend place dans *Bel-Ami* :

« Ils venaient de s'arrêter aux deux tiers de la montée, à un endroit renommé pour la vue, où l'on conduit tous les voyageurs.

On dominait l'immense vallée, longue et large, que le fleuve clair parcourait d'un bout à l'autre, avec de grandes ondulations. On le voyait venir de là-bas, taché par des îles nombreuses et décrivant une courbe avant de traverser Rouen. Puis la ville apparaissait sur la rive droite, un peu noyée dans la brume matinale, avec des éclats de soleil sur ses toits, et ses mille clochers légers, pointus ou trapus, frêles et travaillés comme des bijoux géants, ses tours carrées ou rondes coiffées de couronnes héraldiques, ses beffrois, ses clochetons, tout le peuple gothique des sommets d'églises que dominait la flèche aiguë de la cathédrale, surprenante aiguille de bronze, laide, étrange et démesurée, la plus haute qui soit au monde.

Mais en face, de l'autre côté du fleuve, s'élevaient, rondes et renflées à leur faîte, les minces cheminées d'usines du vaste faubourg de Saint-Sever.

Vue prise de la Côte de Canteleu, vers 1910

Plus nombreuses que leurs frères les clochers, elles dressaient jusque dans la campagne lointaine leurs longues colonnes de briques et soufflaient dans le ciel bleu leur haleine noire de charbon.

Et la plus élevée de toutes, aussi haute que la pyramide de Chéops, le second des sommets dus au travail humain, presque l'égale de sa fière commère la flèche de la cathédrale, la grande pompe à feu de *La Foudre* semblait la reine du peuple travailleur et fumant des usines, comme sa voisine était la reine de la foule pointue des monuments sacrés.

Là-bas, derrière la ville ouvrière, s'étendait une forêt de sapins ; et la Seine, ayant passé entre les deux cités, continuait sa route, longeait une grande côte onduleuse boisée en haut et montrant par places ses os de pierre blanche, puis elle disparaissait à l'horizon après avoir encore décrit une longue courbe arrondie. On voyait des navires montant et descendant le fleuve, traînés par des barques à vapeur grosses comme des mouches et qui crachaient une fumée épaisse. Des îles, étalées sur l'eau, s'alignaient toujours l'une au bout de l'autre, ou bien laissant entre elles de grands intervalles, comme les grains inégaux d'un chapelet verdoyant.

Le cocher du fiacre attendait que les voyageurs eussent fini de s'extasier. Il connaissait par expérience la durée de l'admiration de toutes les races de promeneurs. »

Pour nous aussi, il est temps de repartir. Mais n'avions-nous pas raison de nous attarder un peu, avant d'embarquer ?

Chapitre III

CROISSET

STATION DE CROISSET

Et nous voici prêts à embarquer sur *L'Union*, parmi la foule massée sur le ponton qui sert d'embarcadère, près de l'arche Boieldieu, en plein centre de Rouen. Les jours de semaine sont plutôt réservés aux riverains, aux commerçants, aux villégiaturistes qui retournent en quelque village après avoir fait leurs emplettes à Rouen. Mais en ce dimanche, familles et amis profitent de la conjonction de leur jour de congé et du soleil pour une sympathique excursion.

Piaffant d'impatience, il y a là la petite fille dont nous avions fait la connaissance à l'Hôtel du Méridien. Elle est vêtue d'une légère robe de crêpe de Chine d'un rose très pâle, ceinturée d'écailles de métal doré ; ses pieds mignons et impatients sont chaussés de souliers de chevreau beige, assortis à son sac ; elle porte crânement un petit chapeau en manille, beige rosé, sur ses boucles brunes. Elle est charmante ainsi ; elle se rapproche câlinement de sa mère, une frêle jeune femme un peu languissante, qui s'appuie au bras de son mari ; celui-ci, le verbe haut et le geste ample, décrit à l'avance les merveilles de l'excursion. La fillette a hâte de partir, et exprime son impatience : « Maman, allons-nous bientôt partir ?! Voilà une heure que nous attendons ! » Mais enfin, tout le monde réussit à prendre place.

Vue prise des Hauts de Croisset, vers 1925

Vue de Croisset, au premier plan, la villa des Roches

Le guide *Voyage de Rouen à La Bouille*, que nous avons déjà cité, nous donne la description suivante :

« Après le signal du départ et la passerelle enlevée, le bateau descend le cours du fleuve. Il passe devant plusieurs îles, sortes de restaurants champêtres que visitent (sic) chaque dimanche un certain nombre d'amateurs de villégiature.

À mesure que l'on s'éloigne et si on regarde en arrière, la vue de la ville prend une grande importance. Au-dessus des maisons du quai, les principaux édifices se détachent sur le ciel, et à l'horizon l'église de Bonsecours domine la silhouette des collines.

Sur la rive droite du fleuve, les maisons en amphithéâtre et les jardins apparaissent aussi dominés par l'église Saint-Gervais, construction récemment achevée, dont le blanc clocher se voit de fort loin.

Appontement de Croisset

On continue à passer près de petites îles, et peu après, à l'avant du bateau, apparaît un petit village entouré de peupliers élevés : c'est Croisset, la première station.

[...] Les embarcadères se composent de vieilles barques de pêche – quelques-unes conservant encore les chiffres et les numéros de leurs ports d'origine – solidement fixées à des pieux et reliées par des passerelles dont la pente varie suivant la hauteur des eaux.

Non loin de là se trouve une maison de campagne au fronton orné de lettres enlacées et qu'on peut facilement apercevoir au départ de la station, grâce à une grille qui surmonte un mur d'enceinte à hauteur d'appui. C'est là que, pendant une partie de la belle saison, l'auteur de *Salammbô et de Madame Bovary*, Gustave Flaubert, vient jouir des agréments de la villégiature. »

(Rappelons ici que le texte cité a été écrit vers 1870, et que Gustave Flaubert est mort en 1880).

Peut-être est-il temps de faire un retour en arrière, et d'écouter Georges Dubosc nous parler, toujours dans l'article du 3 août 1902 sur la séparation de Croisset et Canteleu, de l'histoire de ces lieux :

« En son temps, le château de Croisset ne fut pas sans avoir une certaine allure. [...] C'était comme un petit Chantilly rouennais entouré d'étangs et de fossés, et Chenonceaux n'avait qu'à bien se tenir, mis en parallèle avec cette gentilhommière, fort ancienne au surplus. [...] C'était une manière de château, à quatre corps de logis, entourant une sorte de cour d'honneur, construit en pierre de taille et flanqué de tourelles à épis. Tout cet ensemble était entouré d'un vivier ou étang, revêtu d'une maçonnerie en moellon avec chaînes de pierre. Un canal en pierre allait communiquer également avec la Seine, bordée par un quai devant notre castel. On n'y pouvait, du reste, accéder que par deux ponts à trois arches donnant sur le grand vestibule intérieur, qui, à son entrée, était flanqué par deux tourelles où se trouvaient les fours à cuire le pain et autres dépendances. À l'intérieur, on remarquait encore une ancienne cheminée dont le manteau et les corbelets de fer attiraient les regards.

De toute cette châtellenie, plein fief de haubert, s'il vous plaît, il ne reste plus rien sauf quelques vestiges. Seule, dans la grande cour de ferme dite *La Bergerie*, une dépression facile à suivre accuse encore les dimensions de l'étang et du canal qui le mettait en communication avec la Seine, non loin de cette petite échancrure de la rivière qu'on appelait *Le Cul-de-Chien*, parce que, sur un vieux mur, on pouvait voir un chien sculpté dans une drôle de posture. Ce mur séparait jadis le château de Croisset d'une autre propriété très pittoresque située au bord de l'eau, et qu'un petit fortin, armé de canons minuscules, abrité par un rideau de peupliers, signalait aux touristes. [...] C'était là jadis qu'on tendait les chaînes qui, en cas de guerre ou d'émeute, fermaient le port de Rouen.

Du château de Croisset, demeure encore un très beau colombier en chaînes de briques et de pierres, sur plan octogonal, avec sa corniche en pierre et son toit en tuiles, avec épi de plomb. »

Pendant notre lecture, le bateau a continué sa route, il ralentit, il s'arrête. Voici Croisset, le premier des coquets villages assis au bord du fleuve. *Le Guide du Promeneur autour de Rouen* nous explique :

« Un manoir important devait exister à gauche du chemin, sur les bords de la Seine. Il en reste une très belle porte de style Louis XIII, à laquelle un épais fronton de lierre donne un air romantique. Elle se trouve dans le hameau même, à quelques centaines de mètres en amont du débarcadère, et a été souvent reproduite par la gravure et la photographie.

Un peu plus bas, une usine regarde la Seine par d'immenses baies vitrées ; de ses flancs s'échappe une buée capiteuse ; on dirait l'haleine d'un monstrueux ivrogne accoté à la falaise. C'est la distillerie de Croisset, bâtie de toutes pièces sur l'emplacement de la maison de Gustave Flaubert, impitoyablement rasée. »

(En effet, ce texte a été écrit en 1890, et, dès la mort de Gustave Flaubert, sa maison a été rasée pour céder la place à une distillerie, et plus tard à une papeterie.)

Notre bateau, lui, s'arrêtera à La Bouille. Pour les promeneurs qui ont préféré l'excursion de Rouen au Havre, les enchantements sont les mêmes, si l'on en croit la brochure éditée par la Compagnie Rouennaise de Navigation, *Rouen au Havre par la Seine-Maritime* :

« Bientôt, s'étend le long du quai une rangée de petites maisons et de villas précédées de jardins, c'est Croisset, hameau dépendant de Canteleu, situé sur le coteau couvert par la forêt de Roumare, et dont on aperçoit les châteaux. Croisset est surtout connu pour le long séjour qu'y fit Gustave Flaubert, lequel y a écrit la plupart de ses œuvres : *Madame Bovary*, *Salammbô*, etc.

Sa grande villa blanche à l'italienne, précédée d'un jardin et adossée à la côte, est aujourd'hui disparue. Elle s'élevait à l'endroit où se trouve actuellement une papeterie.

C'est dans cette villa, à l'angle ouest, que se trouvait le cabinet de travail de Flaubert. De ce domaine disparu, il n'est resté qu'un petit pavillon blanc, à un seul étage, avec balcon et grille du XVIIIe siècle, situé au bord de la route. »

La petite fille, preste, a sauté sur le sol du débarcadère, et elle s'extasie sur tout ce qu'elle voit. Plus sérieuse, mais souriante, la jeune femme écoute son mari lire gravement la description faite par Georges Dubosc, dans *À travers Rouen ancien et moderne* :

« Sur la rive droite, Croisset, première station, dont les villas et les maisons bordent la rive et la côte que dominent la forêt de Roumare et le château de Canteleu. À l'entrée du village, à l'extrémité du boulevard de Croisset, près de l'endroit dit *Le Cul-de-Chien* : restes de l'ancien château de Croisset, consistant en une vieille porte en briques et pierre, drapée de lierre. Dans la cour de cette ferme : ancienne chapelle seigneuriale transformée en grange dîmeresse, colombier hexagonal avec toit en poivrière (XVIIe siècle). À Croisset, près de l'usine de papeterie, se trouvait autrefois, au pied du coteau, une maison de campagne, blanche, avec fronton, se détachant dans la verdure. C'était le logis célèbre de Gustave

Flaubert, l'auteur de *Madame Bovary*, de *Salammbô*, de *L'Éducation sentimentale*, de *La Tentation de saint Antoine*. En arrière, se trouvait un promenoir ou allée de tilleuls, et un chemin, montant à un rond-point appelé « Le Mercure ». Gustave Flaubert, qui passa toute sa vie dans cette maison, où se trouvait, au premier, son cabinet de travail, y est mort le 7 mars 1880. De ce domaine, aujourd'hui disparu, il ne reste plus qu'un petit pavillon carré du XVIIIe siècle, sur la route, appelé *Pavillon Flaubert*, qui a été racheté par un comité présidé par le romancier Jean Revel, et transformé en un petit musée de souvenirs du grand écrivain. Balcon en fer forgé, sur lequel s'ouvrent deux fenêtres. Boiseries (XVIIIe siècle). Buste de G. Flaubert, par Bernstamm. Médaillon par Chapu. Table de travail. Statuette de Bouddah doré. Fauteuil à dossier gothique : encrier, plumes d'oie, pipes, lettres, manuscrits, ayant appartenu à l'écrivain. Suivant la tradition, la maison disparue de Flaubert aurait appartenu aux Bénédictins de Saint-Ouen, et l'abbé Prévost, auteur de *Manon Lescaut*, y aurait fait quelques séjours. (Hôtel Collange, ancien domestique de Gustave Flaubert, sur le quai). »

En homme consciencieux, et qui a préparé son excursion, Monsieur passe ensuite à la lecture du *Guide Joanne* :

« Croisset (hôtel : *Colange* ; cafés-restaurants et guinguettes). – À l'entrée du pays, *route de Canteleu*, dont dépend Croisset. – À l'extrémité du pays (au-delà d'une grande usine en briques), en bordure de la route et de la Seine, *Pavillon Flaubert* (on visite), minuscule pavillon carré de l'époque Louis XV, de deux fenêtres sur chaque face, et qui n'a qu'un rez-de-chaussée ; un balcon de fer forgé borde la route [...] – Au hameau du *Cul-de-Chien*, une porte de style Louis XIII, revêtue de lierre, est le seul reste d'un ancien château. »

Sa lecture est suivie avec attention par les autres promeneurs, qui se sont rapprochés de lui. « Si nous allions visiter le pavillon Flaubert ? » propose l'un d'eux. Tout le monde

acquiesce avec enthousiasme, et se rend vers le pavillon, dont l'extérieur ressemble assez fidèlement aux descriptions des guides, encore que sa petitesse déçoive un peu les touristes, qui s'attendaient à un bâtiment plus imposant. Pendant qu'ils passent en revue les objets rassemblés là pour célébrer la mémoire de l'écrivain, nous ne résistons pas à citer une anecdote rapportée par Georges Dubosc, dans un article sur Croisset, paru dans le *Journal de Rouen* d'avril 1888 :

« On sait quelle était l'admirable bonté de cœur du grand écrivain. Une pauvre vieille bonne femme, courbée par l'âge, aux trois quarts aveugle, avait coutume, à certains jours, de venir demander l'aumône à la porte de la maison de Gustave Flaubert. Drapé dans une de ses grandes robes japonaises aux dessins flamboyants, Flaubert aimait à venir lui-même jeter quelque monnaie dans la pauvre main ridée de la vieille pauvresse. Pour celle-ci, à moitié aveugle, Gustave Flaubert se transformait en une apparition fulgurante de couleurs terribles faisant tomber les gros sous.

Un beau jour, en tournée épiscopale, le cardinal de Bonnechose était venu à Croisset visiter le couvent de Sainte-Barbe. Vers le soir, il se promenait le long de la chaussée bordant la rivière, quand il fut aperçu par la pauvre vieille qui, attirée par la magnificence de la pourpre cardinalice, vint tendre la main à son passage, croyant avoir affaire à son protecteur ordinaire. Une pièce de monnaie tomba. « Merci, M. Flaubert ! » reprit la vieille femme, confondant au nom de la charité, l'auteur de *Madame Bovary* et le grand cardinal qui, en s'en allant lentement regagner son vieux carrosse, ne put s'empêcher de murmurer tout bas, entre ses dents : *« O sancta simplicitas ! »*

Gustave Flaubert faisait certainement grande impression dans son village ; Charles Lapierre, directeur du *Nouvelliste de Rouen*, se plaisait à raconter :

« À chaque escale de bateaux à Croisset, les passagers se montraient, à travers la baie ouverte dans le jardin, ce grand gaulois à moustaches épaisses et tombantes, revêtu, l'été, de sa houppelande légère et rayée, qui, les mains dans son large pantalon, serré à la taille par une cordelière, les examinait de son côté, avec une curiosité narquoise. »

Il ne faudrait pas que ces anecdotes donnent l'impression d'un Flaubert étranger à la vie quotidienne qui l'entoure. Sa correspondance montre qu'il participait activement à la vie de Croisset (nous le verrons plus en détail dans le chapitre VIII), et notamment ses lettres à sa nièce manifestent son intérêt pour les événements du village :

16 juin 1874

« Ma débauche, depuis ton départ, a été, dimanche soir, d'aller sur la place de Croisset, voir la Fête. La plus grande décence y régnait, ou plutôt la plus complète somnolence. L'orchestre, les danseurs, les loteries, et jusqu'aux chevaux de bois, tout avait l'air de roupiller. Aucun « joyeux drille », pas même un pochard ! »

SEINE-INFÉRIEURE

Arrondissement de Rouen

CROISSET

Fête communale. — Cette fête a débuté samedi soir par une retraite aux flambeaux, avec le concours des Volontaires de Rouen et la Société Musicale de Canteleu, qui remporta un très vif succès et fut acclamée tout le long du parcours.

Dimanche, à 14 h. 30, chemin de Croisset, se formait le défilé composé des sociétés musicales, la société de gymnastique l'Avenir du Houlme et sa clique et les membres du comité.

Malgré le temps incertain un grand nombre de visiteurs s'étaient rendus place de Croisset, où avaient lieu la fête gymnique et le concert. Les différents exercices qui furent présentés par l'Avenir du Houlme, sous la direction habile de son moniteur, M. Bélis, les mouvements d'ensemble, les pyramides, furent très appréciés et le public ne ménagea pas ses applaudissements.

Pendant ce spectacle qui se déroula sous de fréquentes averses, la société musicale de Canteleu (chef M. Boissy), fit entendre quelques-uns des meilleurs morceaux de son répertoire.

Les tambours et clairons des Volontaires de Rouen exécutèrent eux aussi avec leur chef, M. Louvel, plusieurs fantaisies, qui furent très applaudies.

Des gerbes de fleurs furent offertes aux chefs respectifs des sociétés présentes et un vin d'honneur fut ensuite servi à la salle Letellier, où se trouvaient réunis les notabilités et les membres du comité.

Le soir, le bal réunit de nombreux couples. La fête foraine battit son plein et un brillant feu d'artifice, tiré sur la Seine, termina cette journée.

Le lundi, la fête continua. Des jeux eurent lieu pour le plaisir de tous et une distribution de friandises fut faite aux enfants.

17 juin 1876

« C'est demain la "Fête du Pays" et il y a contre le mur de la cour une belle affiche jaune promettant "tous les plaisirs que l'on peut désirer". De leur côté messieurs les restaurateurs s'engagent à fournir "tout le confortable désirable". Mais s'il fait demain le temps d'aujourd'hui, la foule ne sera pas nombreuse. Le vent souffle violemment, un air glacial règne sur nos bords, et le ciel donne une lumière blanche et triste. »

Et puisque c'est Flaubert lui-même qui parle du temps, permettons-nous, grâce à sa correspondance, de dresser un « état météorologique » de Croisset dans les années 1862 à 1880 :

Lettre à Caroline, le 24 janvier 1862

« S'il fait à Paris le temps qu'il fait à Croisset, je n'en serais pas surpris. Tu n'imagines pas l'humidité dans laquelle nous sommes plongés. »

Lettre à Caroline, le 8 juillet 1875

« Hier, à huit heures du soir, il a fait ici un orage effroyable et tel que « les Anciens » ne se souviennent pas d'en avoir vu. Pendant trois heures, il a plu, et tonné d'une façon prodigieuse. Les plafonds de mon cabinet, de mon cabinet de toilette et de la chambre de notre pauvre mère ont été traversés. J'ai cru un moment que la maison allait crouler sur moi. »

Lettre à Caroline, le 10 juillet 1875

« La Seine est houleuse, le vent souffle, les nuages roulent. »

Lettre à Mme des Genettes, le 15 juillet 1879

« On ne se doute pas ordinairement combien le soleil nous est indispensable. Quelle drôle d'idée ont eue nos ancêtres en venant vivre sous des cieux aussi incléments ! Pourquoi habiter des pays bêtes ? afin d'avoir plus d'esprit, sans doute. »

Jardin de propriété au bord de la Seine, à Croisset

Château, vers 1887

Lettre à Caroline, le 23 décembre 1879

« On risque de se casser la gueule ou un membre si l'on y va pédestrement, et cette nuit le ponton a sombré. Ce matin, un brouillard à couper au couteau. »

C'est sur ces considérations climatiques que nous allons retrouver nos promeneurs, qui discutent encore de ce qu'ils ont vu au Pavillon Flaubert. Certains regrettent de n'avoir pu consulter les livres, qui sont sous vitrine, et qu'il y ait si peu de manuscrits offerts au regard du visiteur. Tous se sont extasiés sur la vue qui s'offre des fenêtres du pavillon. Pourtant, Eugène Noël écrivait :

« Personne n'a plus que Flaubert admiré le panorama superbe de Croisset, mais, chose singulière, ces splendeurs parfois le dérangeaient, il en était importuné ; il fermait alors ses rideaux et quelquefois ses volets. »

Enfin, comment quitter Croisset sans évoquer George Sand ? Elle connaissait et appréciait la maison de Croisset pour y être venue, même si elle n'était pas toujours d'accord avec le style de vie de Flaubert, si l'on en croit ses lettres :

05.09.1874

« Je m'inquiète de ton genre de vie, excès de dépense intellectuelle et trop de claustration. Malgré le charme que j'ai constaté et apprécié à Croisset, je crains pour toi cette solitude où tu n'as plus personne pour te rappeler qu'il faut manger, boire et dormir, et surtout marcher. Votre climat pluvieux vous rend casaniers. »

George Sand ne s'inquiétait pas seulement de la santé de son « vieux troubadour ». Elle se préoccupait aussi de ses soucis financiers :

08.10.1875

« Dis-moi donc ce que l'on vendrait Croisset si l'on était obligé de le vendre. Est-ce une maison et jardin, ou y a-t-il une ferme, des terres ? Si ce n'était pas au-dessus de mes moyens, je l'achèterais et tu y passerais ta vie durant. Je n'ai pas d'argent mais je tâcherais de déplacer un petit capital. Réponds-moi sérieusement, je t'en prie, si je puis le faire, ce sera fait. »

Tout se serait passé sans doute bien différemment si Gustave Flaubert avait accepté la proposition de George Sand, et était resté dans sa maison de Croisset, à laquelle il était si attaché : peut-être aurait-il vécu quelques années de plus, et aurait-il pu terminer *Bouvard et Pécuchet*, mener à terme d'autres œuvres ; et peut-être sa maison n'aurait-elle pas été rasée pour laisser place à une distillerie...

Chapitre IV

DIEPPEDALLE

L'*Union* a repris languissamment sa marche. Le soleil a fait fleurir les ombrelles, et quelques grands parapluies noirs. Peu de distance sépare Croisset de Dieppedalle, ainsi que l'explique le guide *Voyage de Rouen à la mer* :

« Peu de temps après avoir quitté cette première station, le mousse du bord, après avoir sonné la grosse cloche d'avant ou fait entendre le sifflet à vapeur, annonce la seconde station : Dieppedalle.

Les maisons qui bordent la rive se prolongent sans solution de continuité ; elles sont toujours serrées de près par la saillie des collines qui parfois laissent derrière elles quelques mètres à peine pour une cour ou un jardin bien étroit. À de petites maisonnettes plus ou moins décorées succèdent des usines, et dans l'intervalle de deux versants de collines apparaissent des chemins boisés qui grimpent par une pente plus ou moins rapide au sommet du plateau, et dans les flancs des roches crayeuses sont creusées des excavations profondes servant de caves et de magasins.

Les coteaux se distinguent par une habitude de configuration particulière : ce sont des cônes multipliés et semblables que séparent des gorges étroites qui se glissent entre leurs bases ; à vue d'oiseau leurs sommets offrent une ligne sinueuse de cercles rentrants et sortants, qui serpentent comme un feston et enveloppent élégamment la plaine.

Parmi les constructions, on remarque tout d'abord l'ancien couvent de Sainte-Barbe, aujourd'hui transformé en maison d'éducation. Les murailles de pierre grise, renforcées par de solides contre-forts, sont percées d'étroites fenêtres régulièrement disposées ; un petit clocher en ardoises termine le toit et forme un ensemble qui ne manque pas de caractère. »

Le *Guide Joanne* apporte quelques précisions sur les grottes :

« On longe à droite la grande île Sainte-Barbe ; derrière celle-ci, la falaise blanchâtre est percée de nombreuses grottes et excavations ayant, au temps de la gabelle, servi d'entrepôts pour le sel et utilisées aujourd'hui par des industries diverses. »

Couvent Sainte-Barbe, vers 1885

Les passagers ont sauté à terre. La petite fille indique une des terrasses de café qui s'alignent le long du quai, et propose :

« Papa, s'il vous plaît, asseyons-nous là quelques instants. Nous pourrons boire une limonade, petite mère a très chaud et bien soif. Et vous pourrez nous lire vos guides, c'est si intéressant. »

La proposition est acceptée avec empressement, et Monsieur reprend gravement sa lecture, pour ses auditeurs attentifs.

« Écoute, Miche, voici ce que dit la brochure de *La Compagnie Rouennaise de Navigation :*

« Sur la rive droite, le long de la falaise presque à pic s'aperçoivent les maisonnettes de Dieppedalle. Dans la roche, s'ouvrent de nombreuses caves, naturelles ou creusées, qui servent d'entrepôts pour les vins et les pétroles, après avoir été utilisées, jadis, comme dépôts pour les sels de la Gabelle. Les vergers, abrités par la côte, sont aussi fort nombreux et produisent d'excellents fruits de toute espèce.

Adossé à la falaise, dominant une haute terrasse, se détache l'ancien *couvent de Sainte-Barbe* avec sa chapelle à laquelle on accède par un haut escalier en pierre. Il fut transformé en un pensionnat dirigé par les sœurs de Saint-Joseph de Cluny. »

Couvent Sainte-Barbe, 1906

« Et tenez, ma chère, poursuit Monsieur, écoutez quelques précisions sur le couvent Sainte-Barbe, que nous donne Georges Dubosc, dans *À travers Rouen ancien et moderne* :

« *Couvent de Sainte-Barbe*, campé sur le flanc de la falaise, auquel on accède par un haut escalier. Petit clocher. Grand pignon gothique, où s'ouvrent deux grandes fenêtres ogivales. Bâtiments (XVIIe siècle). Fondé, en 1472, par les Pénitents du tiers-ordre de Saint-François, et dédié à Sainte-Barbe. Cette église pittoresque fut envahie par les protestants et fut reconstruite et dédiée le 17 avril 1732. Elle renferme une contretable de 1670 et sous l'autel, des caveaux. Pendant quelques années, ce monastère, dont les bâtiments avaient été refaits de 1670 à 1700, fut transformé en un lieu de détention pour les fous, les prodigues ou les libertins, qui y étaient enfermés sur une lettre de cachet. En 1790, on le supprima, puis il fut occupé jusqu'en ces derniers temps, par un pensionnat des Filles de Saint-Joseph de Cluny. »

Précisons ici que, en dehors du couvent Sainte-Barbe, qui fut, à certains moments, un pensionnat de jeunes filles, Dieppedalle avait deux écoles. Jusqu'en 1879, la classe se faisait dans une maison d'habitation louée à cet effet, et il n'était pas rare que l'instituteur tienne également le bureau de poste. En 1879, on construisit l'école de garçons, qu'on agrandira en 1909. Et en 1889, on construisit l'école de filles.

« Écoutez plutôt ce que j'ai trouvé, dit la jeune femme. Elle est si romantique, cette description du *Guide du Promeneur autour de Rouen* :

« ... On arrive à l'entrée de la cavée de Dieppedalle. Les coteaux couronnés de bois taillis qui le dominent à droite sont intéressants sous le rapport de la flore. Au printemps, l'Anémone pulsatille y ouvre ses corolles dont les larges pétales violets enveloppent un gros chaton d'or. Un avis en passant : c'est une fleur qu'il ne faut pas se mettre aux lèvres, car si l'on mâchonnait la tige, il en pourrait cuire. Un peu plus tard, de mai à juillet, on y peut recueillir une jolie gentianée, dont les feuilles glauques, mates et fermes sont traversées par une tige au sommet

de laquelle s'épanouissent de belles fleurs jaune d'or ; c'est la Chlore perfoliée ; – la Mélitte à fleurs blanches et roses, la plus grande de nos labiées indigènes ; – l'Ancolie, la plus élégante, peut-être, des fleurs de nos bois ; [...] et une très curieuse plante, assez abondante sur tous nos terrains calcaires, à laquelle son long labelle en papillotes et son odeur caractéristique ont fait donner le nom de « Bouc ». Je ne cite, bien entendu, que les végétaux les plus intéressants ; ceux qui sont communs à nos environs, les anémones, les primevères, les jacinthes s'y rencontrent aussi avec les grandes marguerites, les coquelicots, les verges d'or, les briza. Quelle gerbe pleine de grâce champêtre et de coloris !

À mentionner encore, dans le règne végétal, l'énorme marronnier que l'on voit sur la route, entre Croisset et Dieppedalle, et deux tilleuls, également sur la route, entre Dieppedalle et Biessard. »

« Et bien, dit la petite fille en applaudissant, c'était vraiment joli, et c'est tout à fait ça ! Il y a des fleurs partout, ici, cela nous changera de Paris. C'est délicieux de voyager ainsi. Papa, lisez-nous donc cet article que vous regardez avec tant d'attention. »

« Certainement, Miche. C'est encore un article de Georges Dubosc, paru dans le *Journal de Rouen* du 3 août 1902 ; il parle du Manoir de Cavelande, écoutez :

« Combien pittoresque aussi, ce curieux manoir du XVIe siècle qui se trouve vers les premières maisons de Dieppedalle ! Vous le reconnaîtrez, derrière son petit mur bas qui donne sur le quai, à son haut comble de tuiles, troué de vieilles lucarnes, à ses larges fenêtres, à sa charpente apparente, essantée de bois. Au rez-de-chaussée, une grande arcade de pierre en anse de panier, aux moulurations puissantes, signale tout d'abord son antiquité. À la retombée, se trouvent, très frustes aujourd'hui, des vestiges d'écussons armoriés. Mais suivez le passage qui s'ouvre devant vous. Après avoir passé sous une large porte, vous verrez alors ce curieux logis sous un aspect encore plus pittoresque. De ce côté s'élève, en effet, une tourelle octogonale dont les pans sont essantés de "bardeaux" et que coiffe un toit en poivrière qu'amortit un ancien épi de plomb. C'est la tourelle de l'escalier en vis de Saint-Gildas, aux marches de pierre, qui dessert l'antique logis.

Par là, entr'aperçu au milieu du feuillage des arbres, ce type de la "maison manante" d'autrefois rappelle complètement la maison de Pierre Corneille, à Petit-Couronne. Les bâtiments voisins, avec leurs chaînages de pierre, avec leurs hautes lucarnes, ne manquent point non plus de caractère, se détachant sur la blancheur de la côte qui surplombe et où s'ouvrent les caves et un curieux colombier dont les *bullins* sont troués dans la roche. Son constructeur ignorait vraisemblablement l'arrêt du parlement de Normandie, en date du 21 mars 1673, qui interdit aux gens de Dieppedalle et de Biessard d'installer des colombiers dans la falaise voisine. Prolongeant le logis, une terrasse en pierre permettait d'étendre sa vue sur la Seine, si jolie en cet endroit.

Qui a construit cet intéressant logis du XVIe siècle ? Il serait difficile de le préciser. Toujours est-il qu'au XVIIIe siècle, il appartint à Georges de Cavelande. »

Manoir de Cavelande

Outre le Manoir de Cavelande, nombreux sont les villas et châteaux édifiés à Dieppedalle au

siècle dernier. Le Château Davey (dont les écuries sont devenues l'actuelle poste de Dieppedalle) était une importante propriété, comprenant écuries, cuisines, mais aussi, en haut de la colline, un paddock et un terrain de tennis, aujourd'hui envahis par la végétation. Tous les styles étaient représentés dans ces vastes demeures. Une villa mérite peut-être qu'on s'y arrête : bâtie au bord de la Seine, les gens du pays l'appelaient « la villa italienne », en raison de sa couverture en terrasse. Les colonnades, les larges baies, le portique central, la corniche et la balustrade couronnant les colonnes, l'œil-de-bœuf, la façade, tous ces détails architecturaux tentaient en fait de reproduire le Petit Trianon. Blanche et sobre de lignes, cette villa ne déparait pas son cadre magnifique.

La présence de grandes propriétés à Dieppedalle est attestée d'ailleurs par Guy de Maupassant dans *L'Angélus*, roman inachevé qui parut dans *la Revue de Paris* en avril 1895. Ce roman se déroule pendant la guerre de 1870, et la présence des Prussiens aux portes de Rouen en donne la trame dramatique. La Comtesse de Brémontal, en son château, sans nouvelles de son mari (est-il vivant ? est-il mort ? est-il prisonnier ?) repense à son enfance heureuse :

« Elle se rappelait son enfance dans ce même pays, dans la maison des parents, à Dieppedalle, bâtie devant les établissements ; sa mère, sa mère chérie, qu'elle avait vu mourir. Et elle pleurait, les yeux sous ses mains.

Son père, petit commerçant d'abord, héritier d'un grand terrain au bord de la Seine, et d'une fabrique d'acides et de vinaigres artificiels, avait fini par gagner une très grosse fortune dans les produits chimiques. [...] Elle aima ce pays superbe, planté d'arbres et arrosé d'eau, cette côte, au pied de laquelle fumaient les cheminées [...] mais qui portait aussi sur son faîte l'admirable forêt de Roumare. [...] Le soir, au crépuscule, se promenant le long de la Seine pleine d'îles vertes empanachées de grands peupliers, elle récitait à mi-voix, pour elle, pour elle toute seule, des vers de Chénier et de Lamartine. »

Le père de Mme de Brémontal, M. Boutemart, possède donc des usines à Dieppedalle :

« C'était le type de commerçant, de l'industriel normand ayant fait une grosse fortune. Rien n'atteignait sa belle humeur, son inaltérable sang-froid, son absolue confiance en lui. Depuis la guerre une seule chose l'attristait profondément, c'était de ne plus voir fumer sur le ciel les quatre cheminées de ses deux grandes usines où il s'était enrichi par les produits chimiques. »

Inquiet pour sa fille en raison de l'avancée des Prussiens, il lui dira :

« Je retournerai à Dieppedalle prendre toutes mes dispositions, et, demain, je viens coucher ici et j'y reste jusqu'à la fin de l'occupation. »

DIEPPEDALLE. — *Les Cuisines.*

DIEPPEDALLE. — *Le Paddock.*

DIEPPEDALLE. — *Tennis-court.*

La Commanderie (ou villa des Œillets)

De la part de Mr et Mme Blondel

Monsieur et Madame Henri Schultz
prient Monsieur et Madame Labelle

de leur faire le plaisir de venir prendre le Thé
chez eux le Dimanche 29 Septembre

On Dansera
(de 2 h. à 7 h.)

R. S. V. P.

Des voitures stationneront à Dieppedalle à l'arrivée des bateaux

Cet épisode de la guerre de 1870, rapporté par Guy de Maupassant, n'a rien d'invraisemblable, puisque les lettres de Gustave Flaubert nous apprennent qu'il y eut effectivement des Prussiens pour occuper Croisset et Dieppedalle :

à Mme des Genettes, septembre 1870
« Nous nous attendons d'un moment à l'autre à la visite des Prussiens qui vont venir se refaire chez nous pendant le siège de Paris. »

à Maxime du Camp, 29.09.1870
« Ce soir, il nous est arrivé à Croisset 400 mobiles venant des Pyrénées. J'en ai deux chez moi, sans compter deux à Paris. [...] Je passe mon temps à faire faire l'exercice et à patrouiller la nuit. »

à sa nièce Caroline, décembre 1870
« L'arrivée des troupes du prince de Mecklembourg a été pour nous comme une seconde invasion. Leurs exigences sont insensées et ils font des menaces. Je crois, cependant, qu'ils s'adouciront et qu'on s'en tirera encore. J'ai été ce matin à Croisset, ce qui est dur ! 200 nouveaux soldats y sont arrivés hier. Mais M. Poutrel m'a affirmé que (d'ici à quelque temps du moins) ils resteraient à Dieppedalle. »

à Ernest Commanville, janvier 1871
« Nous croyons (jusqu'à présent) que nous allons avoir un peu de répit, car M. Poutrel m'a affirmé ce matin qu'il était parvenu à caser dans Dieppedalle les bons Mecklembourgeois. »

Car, si Flaubert habitait Croisset, il n'ignorait pas Dieppedalle, que l'on en juge :

à Caroline, 16.07.1876
« Hier on a retiré de l'eau à Dieppedalle un homme qui n'était pas tout à fait noyé. M. H... prodiguant ses soins, l'a fait pendre par les pieds pour qu'il dégorgeât son eau, ce qui l'a achevé net. »

Son intérêt pour Dieppedalle ne se limitait d'ailleurs pas aux faits-divers :

à Mme Régnier, 25.12.1876
« Il est minuit moins un quart (ou le quart moins) et je vais me revêtir pour aller à la messe, dans un petit couvent de religieuses près d'ici. Quel vieux romantique, hein ? »

à Caroline, 25.12.1876
« Eh bien, moi aussi, je me suis livré aux distractions ! J'ai été cette nuit à la messe, à Sainte-Barbe, chez les bonnes religieuses, où j'ai conduit Noémi et Mme Chevalier. »

On se prend à rêver : un soir de décembre 1876, dans la nuit claire et glacée, un colosse emmitouflé chemine paisiblement, accompagnant deux femmes pauvrement mais soigneusement vêtues, et franchissant à larges enjambées les mille deux cents mètres qui séparent sa maison du couvent Sainte-Barbe, puis les quarante-six marches qui accèdent aux quatre marches du perron : c'est Gustave Flaubert, emmenant à la messe de minuit sa domestique et la femme de son fermier...

CROISSET (S.-Inf)
Ancien couvent de Sainte-Barbe, fondé en 1472

Biessard

Chapitre V

BIESSARD

Biessard est en fait un hameau dépendant de Dieppedalle-Croisset ; depuis que l'on a quitté Rouen, cette rive droite n'est qu'un alignement continu de maisons, de villas, entrecoupé d'usines avec leurs hautes cheminées, et il est parfois difficile de discerner la limite entre les villages : l'un commence où finit l'autre. Le moindre recoin de la falaise, le moindre espace libre entre celle-ci et le fleuve est aussitôt occupé ; les jardins poussent sur les pentes mêmes.

À Biessard plus qu'ailleurs, puisque c'est là que se concentrent les carrières, la roche éventrée offre ses plaies béantes et procure ainsi un curieux décor blanchâtre aux villas qui se blottissent à ses pieds. Biessard est si petit qu'à l'escale nos touristes ne jugeront pas nécessaire de descendre à terre ; c'est donc sans eux que nous partirons à la découverte.

Autour de Rouen

BIESSARD

Disparition de deux bicyclettes. — Samedi dernier, à 21 heures, MM. Jean Lamanœuvre, marinier, et Lachienne, marinier, demeurant à la villa « Bon-Point », au Val-de-la-Haye, avaient déposé leurs bicyclettes dans une « cale » du bord de la Seine, pour amarrer un bateau. A leur retour les deux mariniers constatèrent la disparition de leurs machines.

MM. Lamanœuvre et Lachienne portèrent plainte à la brigade de gendarmerie de Déville-lès-Rouen. Mais dimanche dernier, l'une des bicyclettes fut découverte sur la berge de la Seine. L'autre machine est restée introuvable.

Le préjudice est de 300 francs.

Un violent. — C'est un Portugais. Il se nomme Duarte. Il ne travaille jamais et vit de braconnage. Quand il est ivre, il cause du scandale dans le quartier et menace de mort ses voisins à l'aide d'un fusil ou d'une hache.

Antonio Duarte a déjà fait l'objet de plusieurs plaintes. Des enquêtes ont été ouvertes sur son compte et les habitants de Biessard-Quenneport se demandent pourquoi on conserve ici un étranger dangereux.

Avant-hier, Antonio Duarte a recommencé ses menaces dans la sente de Quenneport, où il habite. Les gendarmes de Déville-lès-Rouen ont dressé un procès-verbal.

La visite serait d'ailleurs rapide, si l'œil n'était retenu par le charme inexplicable de ces couleurs contradictoires : le blanc de la falaise, le vert de la végétation, le gris bleuté de la Seine, les panaches noirs des fumées d'usine se confondant avec les brumes matinales ou vespérales, les jaunes, roses et mauves vifs des fleurs, et les couleurs pimpantes des villas et châteaux contrastant avec les teintes sombres des hangars et des palissades ; sans oublier les mâts des bateaux coupant l'horizon, les flancs lourds des navires chargés de minerai qui sillonnent le fleuve... Il y a là la fusion entre le passé et le présent de ce coin de Normandie : le charme doux des villégiatures, le bruit rude de l'industrialisation. Ce contraste se retrouve jusque dans les

Etude de Mᵉ P. COURCELLE, notaire à Rouen, rue Jeanne-Darc, n° 15.

A VENDRE OU A LOUER

JOLIE

MAISON DE CAMPAGNE

à Biessard, commune de Canteleu, beau jardin, près le débarcadère du bateau. Visible le jeudi.

S'adresser, pour visiter, à M. ROULIER, jardinier au Val-de-la-Haye, et pour traiter, au notaire.

4.8 (6859)

coupures de journaux de l'époque : on vend de jolies maisons de campagne, et des vélos disparaissent, tandis qu'un homme violent cause du scandale...

C'est à Biessard que Guy de Maupassant a situé une de ses nouvelles, *Le Horla* ; la première version en donne la description suivante :

« Donc, j'habitais une propriété sur les bords de la Seine, à Biessard, auprès de Rouen. J'aime la chasse et la pêche. Or j'avais derrière moi, au-dessus des grands rochers qui dominaient ma maison, une des plus belles forêts de France, celle de Roumare, et devant moi un des plus beaux fleuves du monde.

Ma demeure est vaste, peinte en blanc à l'extérieur, jolie, ancienne, au milieu d'un grand jardin planté d'arbres magnifiques et qui monte jusqu'à la forêt, en escaladant les énormes rochers dont je vous parlais tout à l'heure.

Mon personnel se compose, ou plutôt se composait d'un cocher, un jardinier, un valet de chambre, une cuisinière et une lingère qui était en même temps une espèce de femme de charge. Tout le monde habitait chez moi depuis dix à seize ans, me connaissait, connaissait ma demeure, le pays, tout l'entourage de ma vie. [...]

J'ajoute que la Seine, qui longe mon jardin, est navigable jusqu'à Rouen, comme vous le savez sans doute ; et que je voyais passer chaque jour de grands navires soit à voile, soit à vapeur, venant de tous les coins du monde. »

Une autre version du *Horla* précise encore la description du panorama et du site :

« J'aime ma maison où j'ai grandi. De mes fenêtres, je vois la Seine qui coule, le long de mon jardin, derrière la route, presque chez moi, la grande et large Seine qui va de Rouen au Havre, couverte de bateaux qui passent.

À gauche, là-bas, Rouen, la vaste ville aux toits bleus, sous le peuple pointu des clochers gothiques. Ils sont innombrables, frêles ou larges, dominés par la flèche de fonte de la cathédrale, et pleins de cloches qui sonnent dans l'air bleu des belles matinées, jetant jusqu'à moi leur doux et lointain bourdonnement de fer, leur chant d'airain que la brise m'apporte, tantôt plus fort et tantôt plus affaibli, suivant qu'elle s'éveille ou s'assoupit.

Comme il faisait bon ce matin !

Vers onze heures, un long convoi de navires, traînés par un remorqueur, gros comme une mouche, et qui râlait de peine en vomissant une fumée épaisse défila devant ma grille.

Après deux goélettes anglaises, dont le pavillon rouge ondoyait sur le ciel, venait un superbe trois-mâts brésilien, tout blanc, admirablement propre et luisant. Je le saluai, je ne sais pourquoi, tant ce navire me fit plaisir à voir. »

Continuons notre visite. Voici un curieux petit chalet en forme de pagode orientale. Construit à l'entrée d'une vaste propriété (connue tantôt sous le nom de *Villa*, tantôt sous le nom de *Château Prévost*, ou *Château Breton*), il offre au promeneur ses gracieuses volutes, ses clochetons superposés et ses

Trois-mâts à Biessard

lignes stylisées, mariant harmonieusement le bleu, le rose, et les reflets changeants de ses petites tuiles. Sans doute est-il destiné à permettre aux habitants du château de contempler, bien à l'abri des intempéries, les horizons mouvants de la Seine.

Un chemin, que l'on nomme la *Cavée de Biessard*, permet d'accéder à la forêt de Roumare et au *Rond-Point du Hêtre des Gardes*, carrefour d'où partent sept routes ; c'est une magnifique promenade.

Biessard a aussi connu des épisodes plus durs : Paul Cauchois, dans *La plus jolie promenade aux environs de Rouen*, rappelle que :

« La digue de Biessard servit durant la guerre de camp pour les prisonniers allemands. » (Il s'agit de la guerre de 1914-1918.)

Sur une carte postale représentant Biessard, où figure une gribane au premier plan, une annotation manuscrite a été ajoutée : « ici le dépôt de P.G. »

La digue de Biessard (située, malgré son nom, sur la commune de Quenneport) a été créée entre septembre et novembre 1916, pour permettre de stocker le charbon, dont la demande était très forte en raison du développement industriel du port de Rouen, dû à la guerre.

Cette digue, longue de 1 200 mètres, et allant de la limite de Biessard à la cale du passage d'eau du Val de la Haye, se composait de cinq parcs, dont chacun pouvait stocker 20 000 tonnes de charbon ; les navires de mer venaient y déposer leur chargement, qui était ensuite repris par péniche.

Le développement rapide du port de Rouen (qui assurait en fait le ravitaillement de Paris et sa région) posait un problème de main-d'œuvre, que l'État résolut en affectant à la région de Rouen des contingents de prisonniers allemands, répartis dans des camps autour de Rouen, dont le plus important fut celui de Biessard. Les prisonniers déchargeaient les navires, sur trois postes de déchargement direct des navires de mer. Ils travaillaient jour et nuit, en trois équipes, étaient nourris en proportion de leur travail, et payés 20 centimes par jour, en *monnaie de nécessité*, monnaie spéciale éditée par et pour les camps de prisonniers, afin d'éviter les évasions, cette monnaie n'ayant pas de valeur en dehors du camp.

Nos touristes embarqués sur *L'Union* ont bien fait de ne pas attrister leur promenade avec cette évocation de la guerre ; nous n'allons pas tarder à les retrouver.

Le camp de prisonniers de Biessard, 1916

Débarquement de l'« éluite »

Chapitre VI

LE VAL DE LA HAYE

Monsieur, debout à l'arrière du bateau, tel un conquérant, lit à sa petite famille attentive la brochure de la Compagnie Rouennaise de Navigation, *de Rouen au Havre par la Seine Maritime* :

« Sur la rive droite, après le petit hameau de Biessard, au débouché d'une valleuse, on rencontre, éparpillés le long des rives de la Seine, les maisons et les jardins du Val de La Haye, qui fut jadis le siège d'une Commanderie de Templiers, fondée en 1130 et appelée la "Commanderie de Sainte-Vaubourg" passée ensuite entre les mains de l'ordre des Chevaliers de Malte.

Comme particularité de ce joli village, on notera, près du ponton de débarquement, sur une maison, un cadran solaire du XVIe siècle portant la laconique inscription : "*Hora ruit*" (l'heure s'écoule). »

« Ah mais oui ! s'écrie la petite fille. Je le vois, ce cadran solaire ! Et regardez, papa, la maison c'est justement l'Hostellerie du Méridien ! Que c'est joli ! Vous êtes sûr, papa, que nous pourrons déjeuner là ? Allons vite réserver notre table, sinon je ne serais pas tranquille pour me promener. »

« Ne t'inquiète pas, Miche, dit Monsieur, tout fier de lui. Dès hier, j'ai téléphoné. Ah ! le progrès, cela a quand même du bon. Même ici, dans ce petit village, on peut téléphoner. J'avais remarqué cela sur les réclames. »

De nombreux excursionnistes quittent ici *L'Union*. À part quelques paysannes endimanchées, il y a surtout des bourgeois venus en famille, ces dames profitant de l'occasion pour montrer leurs fraîches et coquettes toilettes d'été. Gustave Flaubert, dans ses lettres adressées à sa nièce, nous donne une idée (qui lui est toute personnelle) de ce qu'étaient ces traversées sur le bateau de La Bouille :

à Caroline, fin juin 1869

« Je suis revenu de Rouen, hier, sur le bateau de La Bouille, au milieu de "*l'éluite*". J'ai fait la conversation, j'ai été charmant. C'était infect. »

à Caroline, 7 juillet 1869

« Hier, sur le bateau de La Bouille, j'ai vu une chose gigantesque, à savoir *deux plats montés* pour le repas de noces de Mlle Hardel ! Quelle architecture ! Le pâtissier se tenait debout auprès, et "*l'éluite*" venait les examiner. Ces deux pâtisseries, hautes d'un pied et demi, étaient terminées par une sylphide ou ange portant des couronnes. »

Voulez-vous maintenant que nous visitions le Val de La Haye ? Il n'y a qu'à suivre Monsieur et Madame, qui suivent eux-mêmes Mademoiselle, partie en avant en esquissant un petit pas de danse, et qui revient parfois vers ses parents leur faire part de ses impressions. Ils cheminent

448 Val de la HAYE. — La Mairie et le Quai. — ND Phot.
22 Juillet 1911. Suzanne

Environs de Rouen
VAL-DE-LA-HAYE — La Mairie
MAIRIE
La Normandie " La G. N. A.

le long du quai, passent devant la mairie, admirent, le nez en l'air, les belles demeures modestement appelées « chalets », car elles ont été construites pour être louées. La petite fille s'arrête souvent pour contempler la Seine, suivre l'évolution d'une barque ou d'un trois-mâts. Les voici à l'extrémité du Val de La Haye, une colonne érigée au bord du fleuve les intrigue ; Monsieur en trouve l'explication dans son petit guide *Voyage de Rouen à La Bouille* :

« Là s'élève une colonne en pierre d'ordre dorique, ornée d'anneaux de bronze et de bas-reliefs. Le chapiteau est surmonté d'un aigle aux ailes repliées se reposant de son vol.

La base du piédestal est entourée d'une petite grille circulaire. Sur les anneaux de bronze se lisent les grands noms d'Iéna et d'Austerlitz ; sur le bas-relief est représentée l'étoile de la Légion d'honneur entourée de lauriers.

L'inscription du piédestal porte la date du 9 décembre 1840. Ce monument commémoratif du *Retour de Sainte-Hélène* fut érigé quatre ans plus tard, à l'endroit même où les cendres de l'empereur Napoléon furent déposées à bord de la *Dorade*, qui devait apporter le cercueil jusqu'à Paris, où eurent lieu les funérailles.

Le *Mémorial de Rouen* de 1840 nous a conservé le récit de ce transbordement :

La Normandie était arrivée au Val de La Haye le 8, vers trois heures ; elle y passa la nuit.

Peu après son arrivée, huit bateaux à vapeur étaient venus de Rouen ; parmi eux étaient la *Dorade n° 3* et *L'Elbeuvien*, tous deux préparés pour recevoir la dépouille mortelle. La *Dorade*, étant munie d'un ordre ministériel, fut préférée par le prince de Joinville.

Au moment de l'arrivée de *La Normandie*, qui resta au milieu de la Seine, de chaque côté du fleuve étaient rangées des compagnies de la garde nationale, de la ligne et des brigades de gendarmerie. Le navire fut accosté par un bateau dirigé par M. Legrand, capitaine du port de Rouen, et qui portait le préfet de la Seine-Inférieure ; le lieutenant-général Teste ; M. Henri Barbet, maire de Rouen ; M. Darcel, colonel de la garde nationale, etc., etc.

Le transbordement eut lieu après le départ de ces autorités ; il fut terminé le 9 décembre 1840, à cinq heures ; pendant ce temps le curé du Val de La Haye, entouré du maire et d'une nombreuse population accourue des environs, récitait les prières de l'église.

Le 10, à huit heures du matin, le convoi, composé des bateaux à vapeur la *Dorade n° 3*, chargée du corps de l'empereur ; les *Étoiles*, le *Parisien*, le *Montereau* et l'autre *Dorade* quittèrent le Val de La Haye et se dirigèrent vers Rouen.

De son côté, la *Revue de Rouen* de 1844 a consacré quelques lignes à l'inauguration de ce monument.

La première pierre du soubassement fut posée le 15 août 1844.

Sous cette pierre fut placée une boîte renfermant des pièces de monnaie, des médailles et des reliques impériales, consistant en un peu de terre du tombeau de Sainte-Hélène, du bois du cercueil, un morceau du saule qui ombrageait la tombe, enfin des cheveux de l'empereur, reliques dont s'était dessaisi en faveur de cette œuvre le vénérable général Bertrand.

Cette cérémonie eut lieu en présence du baron Dupont-Delporte, ancien préfet de l'empire, du général Gérard et d'un grand nombre d'anciens militaires.

M. Lefebvre-Flacardoux avait pris l'initiative de la souscription qui a permis d'ériger ce monument. »

La lecture a été un peu longue et fastidieuse pour Miche, qui s'impatiente et a hâte de reprendre la promenade interrompue. Un chemin ombreux monte en pente douce jusqu'à Sainte-Vaubourg. C'est Georges Dubosc, dans *À travers Rouen ancien et moderne*, qui nous donne les explications suivantes :

« Le Val de La Haye fut autrefois le siège de la Commanderie de Sainte-Vaubourg, fondée par les Templiers, en 1130, dans un manoir donné par Henri Ier, confirmée en 1137 et 1140. Plus tard, elle devint la propriété de l'Ordre de Malte. Dans une ferme du XIIIe siècle, située sur la côte, on en rencontre encore quelques vestiges : grange dîmeresse à trois pignons en pierre, avec piliers en bois à l'intérieur ; enceinte murée et bornes aux armes de la Commanderie, avec la date : 1677. Dans le bois, se trouvent aussi une enceinte avec des murs de retranchement et un puits, qui porte le nom de *La Bergerie murée*. La Commanderie de Sainte-Vaubourg possédait des biens importants et nombreux dans une centaine de villages.

Colonne Napoléon, 1890

Ancienne chapelle, avant sa démolition partielle, 1892

L'ancienne église, dédiée à saint Jean-Baptiste, possédait une belle Vierge venant de la Commanderie, un joli baptistère de la Renaissance et un chœur du XVIe siècle, et, dans le cimetière, un if très ancien. Elle a été conservée sous le nom de Vieille Chapelle. »

Après avoir admiré la grange et le château, plus récent, de Sainte-Vaubourg (édifié sur les restes d'un château du XIIIe siècle), nos promeneurs font une halte dans le cimetière, dont Paul Cauchois, dans « la plus jolie promenade aux environs de Rouen », nous décrit le site :

« Nous voici arrivés à l'ancienne église, entourée du cimetière communal et de quelques beaux ifs centenaires, comme on en voit surtout en Normandie. Le point de vue est grandiose. En face, à droite, les ruines d'un château de Robert-le-Diable, puis Grand-Couronne avec ses Aciéries ; Petit-Couronne et les Hauts-Fourneaux, encadrés par la forêt de Rouvraye. À gauche, le cours de la Seine se perd vers Rouen, dont la flèche et l'église de Bonsecours, par temps clair, indiquent l'emplacement. »

Après avoir visité, comme il se doit, l'ancienne église, ou du moins ce qu'il en reste (le chœur), il faut bien aller voir la nouvelle église, édifiée un peu plus loin par l'architecte Chevalier. Là encore, le chemin est agréable, et la vue dégagée sur la Seine en contrebas. La petite fille s'amuse à lire tout haut le nom des villas : villa du Lys, le Figuier...

« Comme j'aimerais habiter cette maison ! » soupire-t-elle.

Son père la rassure avec un fin sourire, elle sera sûrement contente de la villa qu'il a en vue.

Voici la nouvelle église ; une seule nef la compose, avec des voûtes ogivales qui retombent sur des colonnettes engagées dans les murs latéraux. L'abside droite est éclairée par trois fenêtres. Le clocher en ardoises a des fenêtres en abat-sons et de petites lucarnes; il se ceint d'une couronne. Une rosace orne le portail.

Inauguration de l'église du Val-de-La-Haye

Église du Val-de-La-Haye, 1904

L'église du Val-de-La-Haye, sans clocher

Château Révil

On aperçoit au loin la villa du Rossignol, et le château Revil. Ce n'est qu'enchantement pour les yeux, tous ces jardins, cette profusion de roses. On redescend doucement les rues en direction de la Seine. La faim se fait sentir, on longe à nouveau le quai ; on admire une ravissante demeure, qui marie harmonieusement le rouge et le blanc de ses briques avec le rose des joints et le vert tendre des petits pavés émaillés qui forment la bordure des portes et des fenêtres, elles-mêmes élégamment ornées de brise-bise d'une blancheur immaculée. On passe devant l'Établissement Chéron, dont l'inscription : « collations champêtres » inspire de charmants projets à Miche, et, enfin, après avoir suivi les gracieuses évolutions d'un yacht de plaisance dont les mâts sont gaiement pavoisés, on revient au point de départ : le ponton, mais surtout l'Hostellerie du Méridien. On y retrouve le cadran solaire et sa fameuse inscription (que l'on peut encore voir de nos jours). « L'excellent hôtelier-dessinateur Conrad », sur le pas de sa porte, accueille ses clients avec sa jovialité coutumière, et leur propose sa plus belle table, après avoir exprimé son plaisir de les voir de retour dans ce charmant pays.

La petite fille soupire d'aise. Que rêver de mieux, après une belle promenade, un déjeuner en plein air, dans un décor superbe, entourée de ses parents, dans ce délicieux village où ils ont décidé de venir vivre, loin de la ville, et pourtant avec tout le confort qu'apporte le progrès...

Sagement assise, bien droite sur sa chaise, sous le vaste parasol qui les protège du chaud soleil, elle consulte la carte qu'une accorte serveuse vient de lui offrir, avec un gentil sourire.

INFORMATIONS IMMOBILIÈRES
Fonds de Commerce - Propriétés

POUR NOS AbONNÉS
Nous réalisons
la Vente et l'Achat des fonds de Commerce, Villas, Propriétés SANS AUCUNE COMMISSION
Ecrire à l'Administration du « Pays Normand », à Rouen, 76, rue aux Ours. Timbre pour réponse.

VILLA à louer de Pâques à Octobre au **Val-de-la-Haye,** six chambres, salon, salle à manger, gaz et électricité, jardin et côte boisée avec vue sur la Seine. Ecrire au journal qui fera suivre.

« Maman, vous avez vu, s'exclame-t-elle. Il y a tout ce que j'aime ! Je choisis le petit pâté chaud en croûte, et puis après la barquette de sole à la dieppoise ; je prendrais bien les asperges mousseline, aussi ; j'ai bien faim, ça creuse, l'air de la campagne ! Vous ne direz plus que je picore comme un moineau, maman, vous allez voir ça ! Oh ! c'est drôle ! Qu'est-ce que c'est, le trou normand ? »

Monsieur explique qu'il s'agit d'une glace, arrosée de calvados ; Miche n'en aura pas, mais pourra goûter si elle le désire. Une corbeille de fruits superbes, parmi lesquels les prunes de Dieppedalle font bonne figure, terminera fort agréablement ces agapes.

Alors, que pensez-vous du Val de La Haye et de l'Hostellerie du Méridien ? N'est-ce pas l'endroit idéal pour se reposer un peu des fatigues de l'excursion, en dégustant la « cuisine soignée » de la maison ?

PENSION 40 FR. A PENSION 40 FR.
L'HOTEL - RESTAURANT
DU
MÉRIDIEN
AU
VAL-DE-LA-HAYE
10 Km. de ROUEN
Téléph. 1 Val-de-la-Haye — Vieille Maison du 18e
Que faut-il de plus - Sur le bord de l'Eau
Un joli Cadre - Un joli Jardin
Une Bonne Cuisine
DEJEUNERS ET DINERS
PRIX FIXE 20fr.

Chapitre VII

LES PEINTRES

Laissons nos excursionnistes goûter ce moment de repos bien mérité, et asseyons-nous à une table du jardin. Le lieu et l'instant ne sont-ils pas bien choisis pour évoquer les peintres qui ont aimé ce coin de Normandie, qui, par tous les temps, ont planté leurs chevalets, et peint *sur le motif*, pour le plus grand plaisir de nos yeux ?

La vallée de la Seine, de Paris au Havre, a offert aux impressionnistes le spectacle toujours renouvelé de ses méandres, du cours capricieux de son fleuve, et des couleurs harmonieuses de ses rives. Nous ne citerons ici que pour mémoire Jean-Baptiste Corot (1796-1875), peintre pré-impressionniste, Alfred Sisley (1839-1899) et Claude Monet (1840-1926), peintres impressionnistes, dont les œuvres, connues du grand public, ne sont pas uniquement représentatives de la vallée de la Seine.

Mais ces douze kilomètres de rive allant de Rouen au Val de La Haye ont eu leurs fervents admirateurs, et nous évoquerons les noms, localement bien connus, de ces peintres : Joseph Delattre (1858-1912) ; Albert Lebourg (1849-1928) ; Narcisse Guilbert (1878-1942) ; Narcisse Henocque (1879-1952) ; Léon-Jules Lemaître (1850-1905) ; Charles Frechon (1856-1929) ; Édouard de Bergevin (1861-1925) ; Adrien Segers (1876-1950) ; Robert Pinchon (1886-1943) ; Léonard Bordes (1898-1969) ; Charles Angrand (1854-1926)... Certes, il y en a d'autres, mais notre propos n'est pas de faire œuvre exhaustive sur ce sujet, et nous ne pouvons que reporter les lecteurs que cela intéresserait aux excellents ouvrages de François Lespinasse sur l'École de Rouen.

Les peintres que nous venons de nommer avaient un point commun : leur amour de la nature, leur acharnement à peindre d'après nature, à rendre les couleurs, les mouvements, les harmonies, d'un instant saisi au vol et qui ne se reproduira plus. Les débuts de la photographie leur avaient peut-être inconsciemment inspiré ce désir de l'instantané : fixer sur la toile ce qui a impressionné l'œil pendant un fugitif instant, rendre cette permanente métamorphose de la nature. Ce souci de rendre un lieu pris à un instant et sous un angle uniques explique que plusieurs toiles d'un même artiste aient le même sujet, du moins en apparence. Et pourtant, les tableaux sont différents, à l'image de ce que voient nos yeux. On est loin des académismes, des sujets imposés, des compositions laborieuses.

C'est, artificiellement, l'année 1863 (qui est à la fois l'année de la mort de Delacroix, et celle où fut organisé le premier Salon des refusés, où Manet exposa son tableau *Le Bain*, devenu par la suite *Le Déjeuner sur l'herbe*) que l'on désigne comme celle de la naissance de la peinture moderne.

Pour mieux expliciter cette évolution de la conception même de la peinture, peut-être est-il bon de citer quelques passages du roman d'Émile Zola, *L'Œuvre*, dans lequel il met en scène Claude Lantier, peintre de génie et de talent, qui ne peut venir à bout de reproduire les visions qui l'étouffent littéralement. Le personnage de Lantier a ceci d'exemplaire qu'il décrit magistralement tout ce qu'il peut y avoir d'insatisfaction et de frustration à avoir une œuvre dans la tête, sans pouvoir la reproduire comme on l'imagine (c'était d'ailleurs également le thème du *Chef-d'œuvre inconnu*, de Balzac). Il y a un peu de Lantier dans chacun de ces peintres normands tentant, avec humilité et orgueil, de recréer sur leurs toiles cette nature qui se dérobe toujours. Il est rare qu'un peintre soit totalement satisfait de son travail. C'est ce que Zola, qui, en tant qu'écrivain, connaissait les mêmes affres, traduit en faisant dire à Sandoz (écrivain et ami de Lantier dans *L'Œuvre*, et qui est un peu le « double » de Zola), à propos de l'ouvrage qu'il a en projet :

« ...une machine à crever de travail, quelque chose où je vais m'engloutir pour n'en pas ressortir peut-être. »

Quant à Lantier, il exprime ainsi ce qu'il pense de la peinture :

« Mais ce que je sens, c'est que le grand décor romantique de Delacroix craque et s'effondre ; et c'est encore que la peinture noire de Courbet empoisonne déjà le renfermé, le moisi de l'atelier où le soleil n'entre jamais... Comprends-tu, il faut peut-être le soleil, il faut le plein air, une peinture claire et jeune, les choses et les êtres tels qu'ils se comportent dans de la vraie lumière. »

C'est ce que Lantier (et l'on peut bien supposer que Zola s'exprime à travers lui) appelle « l'école du plein air ». Cette recherche d'une expression nouvelle est encore décrite en ces termes par Zola :

« Le moment lui paraissait si bon pour le succès d'un artiste brave, qui apporterait enfin une note d'originalité et de franchise, dans la débâcle des vieilles écoles ! Déjà les formules de la veille se trouvaient ébranlées, Delacroix était mort sans élèves, Courbet avait à peine derrière lui quelques imitateurs maladroits ; leurs chefs-d'œuvre n'allaient plus être que des morceaux de musée, noircis par l'âge, simples témoignages de l'art d'une époque ; et il semblait aisé de prévoir la formule nouvelle qui se dégagerait des leurs, cette poussée du grand soleil, cette aube limpide qui se levait dans les récents tableaux, sous l'influence commençante de l'école du plein air. C'était indéniable, les œuvres blondes dont on avait tant ri au Salon des Refusés travaillaient sourdement bien des peintres, éclaircissaient peu à peu toutes les palettes. Personne n'en convenait encore, mais le branle était donné, une évolution se déclarait, qui devenait de plus en plus sensible à chaque Salon. Et quel coup, si, au milieu de ces copies inconscientes des impuissants, de ces tentatives peureuses et sournoises des habiles, un maître se révélait, réalisant la formule avec l'audace de la force, sans ménagements, telle qu'il fallait la planter, solide et entière, pour qu'elle fût la vérité de cette fin de siècle !

Dans cette première heure de passion et d'espoir, Claude, si ravagé par le doute d'habitude, crut en son génie. [...] Pour la première fois la nature baignait dans de la vraie lumière, sous le jeu des reflets et la continuelle décomposition des couleurs. »

C'est bien cette recherche de la lumière, de la touche vraie de couleur, qui pousse nos peintres à arpenter les chemins à toutes les heures et par tous les temps. Et c'est bien cette recherche de l'absolu qui fit écrire à Joseph Delattre, dans une lettre à Charles Angrand du 24 décembre 1886 :

« J'avais commencé un effet de dégel dans la cavée de Canteleu, malheureusement le dégel a été plus vite que moi et ma toile est restée inachevée. »

Joseph Delattre est d'ailleurs celui dont la personnalité se rapproche le plus du personnage de Lantier dans son souci de la perfection (quoique le personnage de Lantier soit surtout inspiré de Cézanne). Delattre est un grand travailleur, qui exerce d'ailleurs, pour gagner sa vie, la profession de dessinateur pour l'impression d'étoffes ; ses compositions, si l'on en croit la *Dépêche de Rouen* du 7 août 1912, connaissent un succès considérable ; ce qui ne l'enrichit pas pour autant, non plus que les toiles qu'il arrive à vendre.

Ainsi, il écrit à l'automne 1882 à Charles Angrand :

« J'ai assez de chance : je viens de vendre de petites toiles, vues prises de Canteleu ; j'avais besoin de ça pour me faire un peu considérer chez mes fournisseurs. »

Et il écrit, au même, en août 1883 :

« Les toiles que j'ai terminées sont de très petites dimensions, une vue de Rouen prise de Canteleu (reflet d'été) sur une toile de 8 et le versant de la grande côte de Canteleu, vue prise du côté de Dieppedalle.

Hier, de Bergevin est venu me chercher et nous sommes allés travailler ensemble sur cette même côte, mais plus en avant de Dieppedalle où le paysage change complètement de caractère à cause des fumées du four à chaux et des usines qui se trouvent au bord de la Seine.

Je vais voir aujourd'hui un amateur pour lui vendre une de ces trois toiles ; si je réussis, j'irais te dire bonjour. »

Charles Angrand, grand ami de Delattre, fervent du plein airisme puis du pointillisme, a laissé une faible production car, malgré une palette vigoureuse, il a détruit beaucoup de ses œuvres.

Édouard de Bergevin, lui, est portraitiste mondain, et illustrateur des éditions Hachette. Il a peint de nombreux bords de Seine, à Croisset et à Dieppedalle.

Delattre avait d'ailleurs fondé une Académie libre, et c'est là que le connurent Narcisse Guilbert et Narcisse Hénocque, qui furent ses élèves.

Georges Dubosc, peintre puis critique et journaliste, reconnaissait à Guilbert, qui avait une prédilection pour les bords de Seine (principalement Croisset), un tempérament de coloriste, une grande franchise et délicatesse d'exécution.

Quant à Narcisse Hénocque, qui resta longtemps très influencé par Delattre, ses toiles représentant les bords de Seine offraient une exécution énergique et de fines tonalités.

Charles Frechon, lui, loua avec Delattre un atelier rue des Charrettes, à Rouen ; c'était un adepte fervent de la peinture de plein air, qui aimait la campagne normande aux beaux jours, et un paysagiste talentueux.

Albert Lebourg préférait les brumes, les neiges, les effets de pluie, et avait une grande finesse de tonalité pour reproduire les bords de Seine.

Léon-Jules Lemaître, d'abord clerc de notaire avant de se consacrer à la peinture, défendait les théories de l'impressionnisme, était partisan du plein airisme et du divisionnisme. Son œuvre, peu abondante, excellait dans les tons délicats des brumes normandes, dans lesquelles il esquissait de nombreux petits personnages.

GUILBERT

Croisset, dessin de de Bergevin, in L'École de Rouen de F. Lespinasse

GUILBERT

Charles Frechon par Michel Frechon,
in Normandie illustrée *octobre 1926*

Adrien Segers, qui était de nationalité belge, s'installa à Rouen pendant la guerre de 1914-1918, séduit par les lieux, et notamment par Croisset et le pavillon Flaubert.

Robert Pinchon, fin coloriste, dont le père était un ami de Maupassant, fut marqué par les trois maîtres de l'École de Rouen : Lebourg, Delattre, Frechon.

Un industriel fit beaucoup pour que ces artistes soient connus du public : il s'agit de François Depeaux (1853-1920). On l'a déjà rencontré au chapitre I, s'intéressant aux projets locaux d'aménagement des prairies Saint-Gervais ; mais son nom est surtout lié au mouvement artistique, car il aida grand nombre de peintres à vivre, en achetant leurs toiles, et notamment, en 1909, en faisant entrer au Musée de Rouen une sélection de toiles des peintres de l'École de Rouen.

Sans doute faut-il aussi évoquer la *Galerie Legrip*, installée à Rouen, rue de la République, depuis 1807, et qui offrait largement sa vitrine aux artistes de l'École rouennaise, notamment Delattre, Frechon, Lebourg, pour ne citer qu'eux. Les Rouennais avaient coutume de venir admirer les toiles qui y étaient exposées, ainsi que le signale par exemple Jean des Vignes Rouges dans *Rouen l'Orgueilleuse* :

« Je m'arrêtai devant la vitrine de Legrip pour examiner d'harmonieux paysages signés de Frère, Quibel, Madeleine, Le Meilleur, Louvrier, de Bergevin, Conrad… »

Évoquons simplement la présence de Marcel Duchamp (1887-1968), en villégiature au Val de La Haye en 1924. Il y travaillait à la réalisation de sa seconde machine optique. Il est possible qu'il ait été accompagné de sa sœur, Suzanne Crotti-Duchamp, si l'on en croit une carte postale écrite par elle le 28 août 1924.

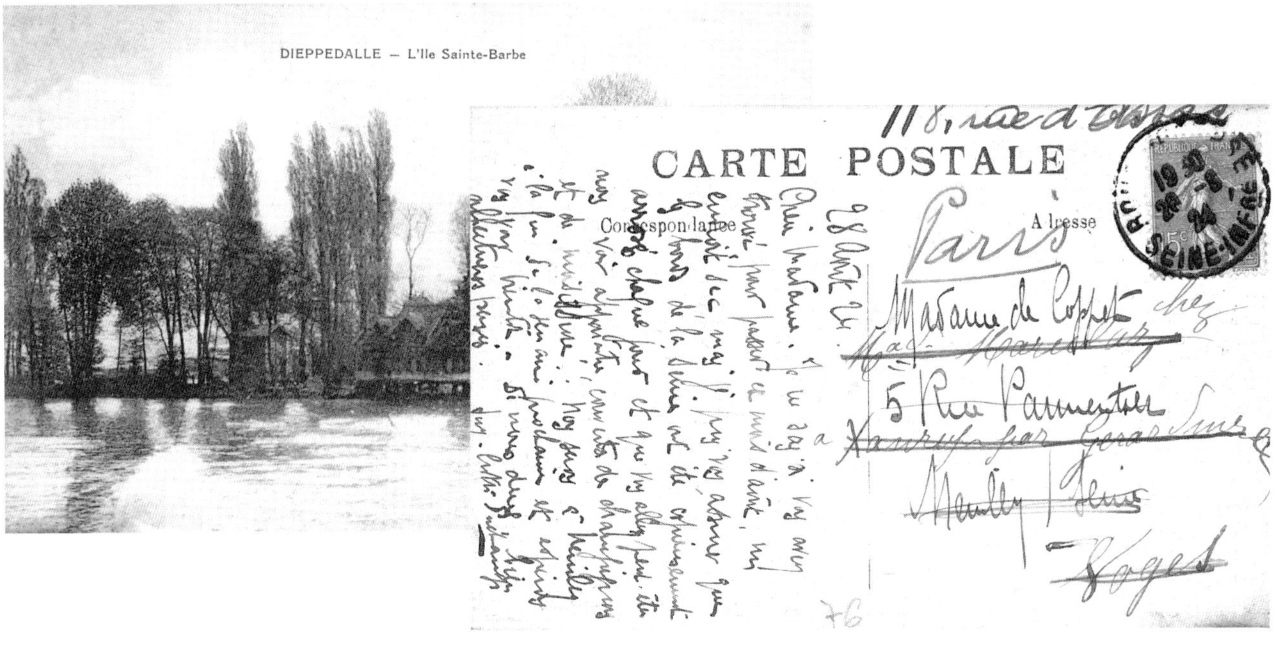

Enfin, comment oublier notre hôte, Georges Conrad ? Illustrateur de talent, Georges Conrad travaillait pour les éditions Delagrave, Tallandier, Hachette, et collaborait à diverses revues, telles que *les Côtes fleuries et le pays normand*, ou *La Normandie illustrée*. Il était également professeur d'illustration et de décoration de livres aux Beaux-Arts de Rouen. Ses illustrations préférées concernaient les scènes historiques, dans lesquelles il reproduisait très minutieusement les costumes d'époque. Outre ses grandes qualités de dessinateur, il avait su créer au Val de La Haye un lieu accueillant, et aussi agréable à l'œil qu'à l'estomac, ce qui n'était pas le moindre de ses mérites !

On ne peut terminer ce chapitre sur les peintres sans citer une exposition suburbaine qui eut lieu à Dieppedalle en septembre 1916 et en septembre 1917 ; Georges Dubosc évoque celle de 1916 dans le *Journal de Rouen* des 25 septembre et 13 octobre 1916 :

« Si souvent les peintres ont trouvé leurs motifs sur les bords de la Seine, que l'idée devait leur venir d'organiser dans ces parages charmants une petite exposition de leurs œuvres.

C'est ce qu'ont fait à Dieppedalle, en un des coins les plus jolis des environs de Rouen, deux artistes déjà connus par de nombreuses expositions, l'aquarelliste-dessinateur C. Normand et le paysagiste Ch. Chevalier. Dans une pensée très charitable, au profit de *l'Œuvre départementale des pupilles de l'école publique*, ils ont, du 24 septembre au 1er octobre, transformé l'école des garçons de Dieppedalle en un… petit Salon d'Automne.

[…] On remarquera : des *Coteaux de Mont-Saint-Aignan*, avec, au premier plan, un troupeau de moutons; une vue du *Pavillon Flaubert à Croisset*.

[…] Le tirage des toiles et dessins, généreusement offerts à la loterie, a eu lieu dimanche dernier, à trois heures, en même temps que la remise du prix de vertu à Mlle Isabelle Sionville, de Croisset.

[…] En somme, succès brillant et mérité pour la petite exposition de Dieppedalle, organisée dans un but très patriotique. »

Cette évocation des peintres normands, dont les silhouettes familières hantaient les coteaux de Biessard, la forêt de Roumare, la cavée de Canteleu ou les bords de Seine, s'arrête là ; on a pu voir dans les pages précédentes, neuf toiles de ces artistes.

Madame Bordes à la Mare-Epinay

Chapitre VIII

LES ÉCRIVAINS

Pendant que Madame et Monsieur dégustent leur café, Miche a sorti un petit carnet, et elle croque délicatement la cour du Méridien. Son grand ami Pierre lui a révélé que son oncle Narcisse, de Rouen, était peintre à Montmartre, et depuis, elle s'est découvert une vocation d'artiste. Elle admire son œuvre avec complaisance, puis lève la tête.

« Vous savez, maman, dit-elle d'un petit ton sérieux, j'ai fini hier soir ce livre de Zola que j'avais acheté, *Le Rêve*, c'était une merveille, un très beau livre, des sentiments si purs... Croyez-vous que maintenant je pourrais lire *Madame Bovary* ? J'en ai eu l'envie, tout à l'heure, en visitant le Pavillon Flaubert. »

Sa mère se récrie. Il n'est pas question qu'elle lise *Madame Bovary*, elle est beaucoup trop jeune. Si elle veut, elle pourra lire *Un cœur simple* ; elle comprendra d'ailleurs en le lisant pourquoi il y avait un perroquet au pavillon.

Pendant que la petite fille perfectionne son croquis, attardons-nous un peu sur les écrivains qui ont pris cette région comme cadre de leurs intrigues, qui ont contribué à la faire aimer par leurs livres ou leurs articles, et sur ceux qui y ont vécu ou passé.

Commençons par ceux qui ont cité les villages que nous venons de visiter, pour quelque raison que ce soit.

Le nom de Georges Dubosc (1854-1927) nous est déjà familier. Critique dramatique au *Journal de Rouen*, grand ami des arts (et des

artistes), historien éclairé, Dubosc écrivit plus de 6 000 articles, retraçant l'histoire de Rouen et de ses environs, relatant la vie artistique et littéraire.

C'est lui, dans un article du *Journal de Rouen* d'avril 1888, intitulé « Voyage aux pays annexés – Croisset », qui nous rappelle qu'en 1888 Croisset venait d'être annexé pour un temps à Rouen ; c'est encore lui, dans le même article, qui nous rapporte la présence, dans l'ancienne maison de Flaubert à Croisset, de Bouilhet, l'abbé Prévost et Pascal :

« Sait-on que le domaine dont fait partie le pavillon où fut écrite *Madame Bovary* et où Louis Bouilhet composa *La Conjuration d'Amboise*, fut aussi, lorsqu'il appartenait aux moines de Saint-Ouen, le séjour d'un autre grand romancier, l'abbé Prévost, l'immortel auteur de *Manon Lescaut*, qui vint y passer deux étés. Flaubert prétendait aussi que Pascal y avait habité. »

Eugène Noël (1816-1899) est, lui aussi, bien connu des Rouennais, pour ses ouvrages régionalistes et son amour de la Normandie. Nous l'avons déjà cité au cours des précédents chapitres, évoquant notamment la présence de Voltaire (1694-1778) à Canteleu. C'est aussi dans *Rouen, Rouennais, Rouenneries* qu'il cite Bérat, en parlant, bien sûr, de la Normandie :

« Mais où vit-on jamais pareille vigueur de végétations, plus doux, plus attractifs et plus mystérieux ombrages ? Oh ! qu'il avait raison, notre chansonnier Bérat, de célébrer sa *Normandie* ! »

Qui était donc Frédéric Bérat (1801-1855), auteur de la célèbre chanson *J'irai revoir ma Normandie* ? Un poète, un chansonnier, dont les refrains étaient sur toutes les lèvres à son époque ; son frère Eustache (1791-1870), dessinateur, a été élevé au Val de La Haye ; c'est lui qui donna son prénom au mot de vieil argot *eustache*, pour désigner un couteau.

Nous avons déjà évoqué Jean des Vignes Rouges (1879-1970) et son livre *Rouen l'Orgueilleuse*, dont la revue *Les Côtes fleuries et le Pays normand* de l'été 1926 fit une critique assez dure :

« Que l'on nous pardonne, à propos de ce livre, notre franchise brutale. L'ouvrage de Jean des Vignes Rouges nous a déçus. Nous attendions une œuvre plus mâle de l'auteur d'*André Rieu, officier de France*, et de *Bourru, soldat de Vauquois*, dont le succès, pendant la guerre, fut des plus légitimes. »

Nous avons cité aussi Edmond Spalikowski (1874-1951), écrivain régionaliste dont le style élégant et délicat rendait les ouvrages si agréables à la lecture. Il collaborait notamment à la revue *Les Côtes fleuries et le Pays normand*, dans laquelle il défendait ardemment les sites contre les atteintes de l'industrialisation ; écoutons-le dans un article de 1925 intitulé « Pour les chaumières qui tombent » :

« En regardant avec intérêt et curiosité le joli crayon de Conrad, sur la couverture illustrée de l'un des derniers numéros des *Côtes fleuries*, je n'ai pu m'empêcher de songer avec tristesse que bientôt ces délicieuses chaumières dont l'artiste a reproduit la silhouette de l'une d'elles, et qui ont fait la joie de tant de peintres et de poètes, vont peu à peu disparaître.

En promenant ma curiosité toujours en éveil à travers chemins et sentiers du Pays de Caux, j'ai vu l'œuvre du temps mais aussi celle des hommes.

[...] Il est temps d'agir si l'on ne veut arriver trop tard au secours des vieilles mères grands, dont les fenêtres rieuses, entre deux bouquets de fleurs de pommiers, commencent à regarder avec effroi le passage du premier bataillon de l'armée de la pioche, de la pelle et de la scie. »

Il nous faut encore évoquer Camille Cé (1878-1959), auteur notamment d'un roman, *Le squelette dans le placard*, qui se situe essentiellement à Rouen, Croisset, Canteleu, Biessard, et qui retrace la vie d'un peintre dont la route croise celle de Lebourg, Frechon, Delattre :

« Il avait tardivement fait la connaissance du peintre Delattre, un grand roux à barbe fleuve. »

Pierre Mac Orlan (1882-1970), connu pour sa forte description de la rue des Charrettes (haut lieu à Rouen, dans les années 1880 à 1920, de la vie artistique et nocturne) évoque le nom de Dieppedalle dans son livre *Villes*.

Nous avons déjà vu que George Sand (1804-1876) portait un vif intérêt à Flaubert et à la vie qu'il menait à Croisset. Les lettres que Flaubert lui écrivait attestent des visites de George Sand à Croisset :

à George Sand, mai 1868

« C'est entendu !

Nous déjeunons dimanche ensemble. Mais arrangez-vous d'avance pour rester plus de deux jours, puisque rien ne vous force à revenir là-bas. »

à la même, le 5 juillet 1868

« Toutes les fois, maintenant, que j'entends la chaîne des bateaux à vapeur, je songe à vous, et ce bruit-là m'irrite moins, en me disant qu'il vous plaît. »

Guy de Maupassant (1850-1893) fut lui aussi un visiteur assidu de Croisset. Il écrit, par exemple, à sa mère, le 22 octobre 1878 :

« Ainsi que je te l'avais annoncé, j'ai été passer la journée de dimanche avec Flaubert, et celle de lundi avec Pinchon. Je suis arrivé samedi soir à Croisset, et nous avons passé une partie de la nuit à causer, le "maître" et moi. Le lendemain, nous avons été voir la maison de Corneille au Petit-Couronne. C'est à gauche de la Seine, dans un village morne, une petite demeure en galandage dont les poutres sont recouvertes d'espèces d'écailles de bois. Les appartements sont fort bas. L'endroit triste mais un peu dissipant. Une vieille mare vaseuse avec une pierre en place de banc a dû servir à fixer l'œil et à recueillir l'esprit du vieux poète qui la considérait sans doute pendant des jours entiers. L'horizon étendu va de La Bouille à Dieppedalle, développant les croupes rondes et

boisées de la côte sur l'autre bord de la Seine ; ce paysage me plaît, il est simple, facile à la description et l'opposition même du cadre avec les sujets de tragédie peut être curieuse. »

C'est d'ailleurs avec lui que Flaubert règle les détails pratiques de la venue de ses amis :

à Maupassant, mars 1880

« Je ne sais pas encore quel jour viendront ici Goncourt, Zola, A. Daudet et Charpentier pour y déjeuner ou y dîner et coucher peut-être ? Ce soir même ils doivent prendre leur décision, que je saurai vendredi matin. Ce sera, je crois, lundi que je les recevrai. [...] En admettant que tous passent à Croisset la nuit du lundi, comme je n'ai que quatre lits à offrir, tu prendras celui de la femme de chambre maintenant absente. [...] Comme mon intention est de vous saouler tous, j'ai invité Fortin pour "prodiguer ses soins" aux malades. »

(Signalons que Fortin était le médecin, et l'ami, de Flaubert, celui qui, selon les dires de Flaubert lui-même, le traitait de « grosse fille hystérique ».)

Mais c'est à Edmond de Goncourt (1822-1896) que l'on doit, dans son journal, à la date du 28 mars 1880 (qui était un dimanche de Pâques) ce récit épique :

« Aujourd'hui nous partons, Daudet, Zola, Charpentier et moi, pour aller dîner et coucher chez Flaubert, à Croisset. Zola est gai comme un clerc de commissaire-priseur qui va faire un inventaire, Daudet comme un échappé de ménage qui s'apprête à courir une bordée, Charpentier comme un étudiant qui entrevoit une série de bocks à la cantonade ; et moi, je suis très heureux d'embrasser Flaubert.

Le bonheur de Zola est troublé par une grande préoccupation, la préoccupation s'il pourra, en ce train rapide, pisser à Paris, à Mantes, à Vernon. Le nombre de fois que l'auteur de *Nana* pisse ou du moins tente de pisser est inimaginable.

[...] Maupassant vient nous chercher en voiture à la gare de Rouen, et nous voici reçus par Flaubert en chapeau calabrais, en veste ronde, avec son gros derrière dans son pantalon à plis et sa bonne tête affectueuse.

C'est vraiment très beau, sa propriété, et je n'en avais gardé qu'un souvenir assez incomplet. Cette immense Seine sur laquelle les mâts de bateaux, qu'on ne voit pas, passent comme dans un fond de théâtre ; ces beaux grands arbres aux formes tourmentées par les vents de la mer ; ce parc en espalier, cette longue allée-terrasse en plein midi, cette allée péripatéticienne, en font un vrai logis d'hommes de lettres – le logis de Flaubert –, après avoir été, au XVIIIe siècle, la maison d'une compagnie de Bénédictins.

Le dîner est très bon ; il y a une sauce à la crème d'un turbot qui est une merveille. On boit de beaucoup de vins de toutes sortes, et toute la soirée se passe à conter de grasses histoires, qui font éclater Flaubert en ces rires qui ont le *pouffant* des rires de l'enfance. Il se refuse à lire de son roman, il n'en peut plus, il est *esquinté*. Et l'on va se coucher en des chambres assez froides et peuplées de bustes de famille.

Le lendemain, on se lève tard et l'on reste enfermés à causer, Flaubert déclarant la promenade un *échignement* inutile. Puis on déjeune et l'on part. »

Peut-on imaginer cette arrivée dans Croisset, un dimanche de Pâques ? Maupassant, Zola, Flaubert, Goncourt, Daudet, et l'éditeur Charpentier, une telle réunion vaudrait aujourd'hui les honneurs de la presse et les abords de Croisset seraient impraticables !!

En 1880, Edmond est seul à venir chez Flaubert ; il y était venu avec son frère Jules (1830-1870) bien des années auparavant, ainsi que l'atteste le Journal des deux frères, par exemple le 6 janvier 1866 :

« Passé dîner avec Flaubert à Croisset. Il travaille décidément quatorze heures par jour. »

Lorsque Jules meurt en 1870, Edmond continue seul le Journal commencé par les deux frères.

Parmi les visiteurs de Croisset, il faut encore citer Ivan Tourgueneff (1813-1883), dont Flaubert écrit à George Sand, en novembre 1866 :

« J'ai dîné avant-hier et hier avec Tourgueneff. Cet homme-là a une si belle puissance d'images, même dans la conversation, qu'il m'a *montré* G. Sand accoudée sur un balcon dans le château de Mme Viardot, à Rosay. Il y avait sous la tourelle un fossé, dans le fossé un bateau, et Tourgueneff, assis sur le banc de cette barque, vous regardait d'en bas ; le soleil couchant frappait sur vos cheveux noirs. »

Citons encore cette lettre, sur la présence de Tourgueneff à Croisset :

à Mme des Genettes, 27 septembre 1876

« Le lendemain j'étais revenu ici où Tourgueneff m'a rejoint le jour suivant. »

C'est à cette même Mme des Genettes que Flaubert écrit, en été 1876, ce détail qui jette un jour nouveau sur le fameux perroquet :

« Depuis un mois j'ai sur ma table un perroquet empaillé afin de «peindre» d'après la nature. Sa présence commence à me fatiguer. N'importe ! Je le garde afin de m'emplir l'âme de perroquet ! »

C'est d'ailleurs en l'excellente compagnie de Gustave Flaubert que nous terminerons ce chapitre sur les écrivains.

Nous avons déjà eu l'occasion de voir que Flaubert participait très activement à la vie locale. Nous en donnons ici un nouvel exemple, par rapport à un incendie qui se déclara à Croisset le 11 novembre 1866, et au sujet duquel il écrivit :

à Mme des Genettes, 12 novembre 1866

« J'ai une telle courbature, pour m'être, dans la nuit d'hier, signalé à un incendie, que j'ai à peine la force de tenir une plume. Au reste je ne regrette pas ma peine : j'ai été payé par la vue de la bêtise bourgeoise et administrative dans tout son lustre. Pour maintenir l'ordre, on a appelé des soldats, qui croisaient la baïonnette contre les travailleurs, et des cavaliers, qui obstruaient toutes les rues du village. On n'imagine pas l'élément de trouble que jette partout le pouvoir. Je suis rentré chez moi bassement démocrate. »

à George Sand, le 12 novembre 1866

« Je vous ai surtout regrettée hier soir à 10 heures. Il y a eu un incendie chez mon marchand de bois. Le ciel était rose et la Seine couleur de sirop de groseille. J'ai travaillé aux pompes pendant trois heures et je suis rentré aussi affaibli que le Turc de la girafe. »

Un article du *Journal de Rouen* du 12 novembre 1866 authentifie d'ailleurs ce fait-divers.

Nous avons déjà évoqué l'attitude de Flaubert pendant la guerre de 1870. Ce qu'il disait dans sa corres-

La cloche d'alarme s'est encore fait entendre hier à Rouen, vers onze heures du soir. Cette fois, le feu n'était pas dans la ville, bien que le reflet d'un incendie qui s'était déclaré à Croisset s'étendit sur une grande partie de la cité et pût faire croire que les flammes consumaient quelque propriété voisine du Mont-Riboudet.

Les pompiers se sont réunis aussitôt, et plusieurs pompes ont été attelées, mais bientôt on a appris que, vu la nature de l'incendie, les secours seraient tardifs, et quelques pompiers seulement se sont dirigés vers Croisset.

M. Grimaux, adjoint, un substitut du procureur impérial, le secrétaire général de la préfecture se rendirent également sur le lieu du sinistre, ainsi que des estafettes envoyées par l'autorité militaire, afin de savoir s'il était utile d'y diriger des détachements de la garnison.

Le feu avait pris dans un tas de 12,000 bourrées environ dans la cour de M. Mangard, qui exploite un four à chaux, et les pompiers de Canteleu, auxquels vinrent se joindre ceux de Déville, suffirent, avec l'aide de la population, à circonscrire le foyer de l'incendie et à préserver les bâtiments voisins ainsi qu'un autre immense tas de bourrées peu éloigné de celui qui brûlait. On n'a donc pas eu besoin d'avoir recours à la garnison.

Quant aux 12,000 bourrées, elles ont été la proie des flammes, et plusieurs arbres voisins ont été dépouillés de leurs feuilles et de leur écorce. Vers une heure du matin, il ne restait qu'un vaste brasier sur lequel on continuait à pomper de l'eau activement.

La perte est évaluée à 4,000 fr. environ, garantis par une assurance à l'Ancienne Société Mobilière et Immobilière.

Le propriétaire de l'immeuble est M. Poutrel.

La cause de cet incendie n'est pas connue. La surveillance exercée par M. Mangard et l'assurance qu'il a que personne de sa maison ne s'est approché des bourrées avec du feu, font craindre qu'une main malveillante n'ait causé ce sinistre.

Il y a un an environ que le feu s'était déclaré dans le même établissement et avait causé des dommages considérables.

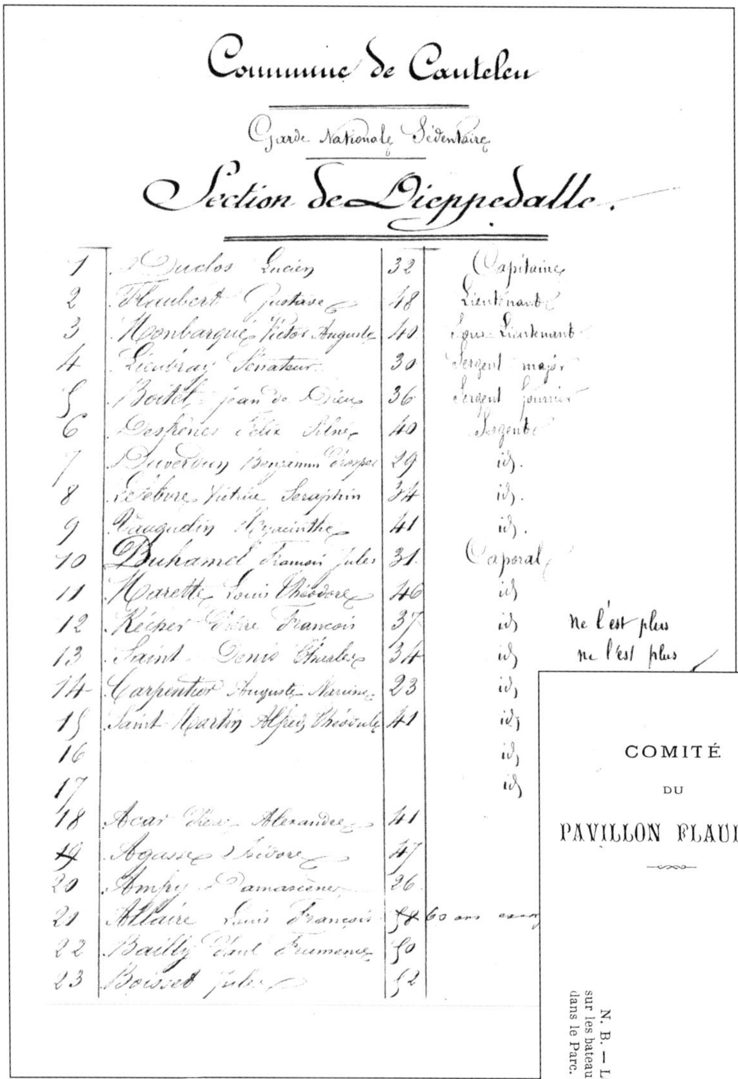

Commune de Canteleu

Garde Nationale Sédentaire

Section de Dieppedalle.

1	Duclos Lucien	32	Capitaine	
2	Flaubert Gustave	48	Lieutenant	
3	Monbargue Victor Auguste	40	Sous Lieutenant	
4	Lecabray Sénateur	30	Sergent major	
5	Boitel Jean de Dieu	36	Sergent fourrier	
6	Desfrênes Félix Silvi	40	Sergents	
7	Duverdun Benjamin Prosper	29	id.	
8	Lefebvre Victrice Seraphin	34	id.	
9	Vauquelin Hyacinthe	41	id.	
10	Duhamel François Jules	31	Caporal	
11	Marette Louis Théodore	46	id	
12	Kesper Pierre François	37	id	ne l'est plus
13	Saint Denis Charles	34	id	ne l'est plus
14	Carpentier Auguste Maxime	23	id	
15	Saint Martin Alfred Théodule	41	id	
16			id	
17			id	
18	Acar Pierre Alexandre	41		
19	Agasse Isidore	47		
20	Ampoy Damascène	26		
21	Allaire Louis François	58	60 ans [illegible]	
22	Bailly Paul Fremence	50		
23	Boisset Jules	52		

pondance sur sa participation à la garde nationale était bien réel : un document des archives de Canteleu mentionne en effet Flaubert Gustave comme lieutenant de la garde nationale sédentaire.

Une de ses lettres à sa nièce montre également qu'il ne négligeait pas ses devoirs électoraux :

> à Caroline, novembre 1873
>
> « Hier, j'ai été voter à Bapeaume. Cela m'a fait une petite promenade qui a rafraîchi ma tête trop échauffée, si bien que cette nuit j'ai pu dormir, et huit heures de bon sommeil m'ont retapé. »

Il s'intéresse également aux faits divers, puisqu'il écrit à la princesse Mathilde en décembre 1873 :

> « En fait d'horreurs, on a assassiné un enfant et une jeune fille, dans mon village, la nuit, à un quart de lieue de chez moi. Croiriez-vous, Princesse, que les maîtres de pension de Rouen ont conduit en promenade "leurs jeunes élèves" sur le *théâtre du crime*, pour voir la flaque de sang ! Voilà à quel point de bêtise nous en sommes. »

Mais Flaubert meurt le 8 mai 1880, et sa maison est rasée quelques mois après, ainsi qu'on l'a vu. C'est en 1906 qu'un comité sauvera définitivement le

COMITÉ

DU

PAVILLON FLAUBERT

Rouen, le 31 Mai 1906.

N. B. – La présente lettre, valable pour vous et votre famille, donnera droit au passage sur les bateaux omnibus (embarcadère de la Bourse à 2 heures précises), ainsi qu'à l'entrée dans le Parc. Elle devra être présentée à toute réquisition des Commissaires organisateurs.

Monsieur,

Vous avez bien voulu encourager le rachat du Pavillon Flaubert. L'œuvre est maintenant achevée.

L'inauguration et la remise à la Ville de Rouen auront lieu le Dimanche 17 Juin, à 2 heures 1/2.

Le Comité a l'honneur de vous inviter à assister à cette Cérémonie.

Espérant qu'il vous sera possible d'accepter notre invitation, nous avons l'honneur de vous adresser, avec nos remerciements, nos respectueuses civilités.

LE PRÉSIDENT DU COMITÉ,

à M

Pavillon, qui reste seul de la propriété. Flaubert n'a jamais travaillé dans ce Pavillon, malgré ce qui a parfois été dit à tort. Il y a tout au plus séjourné quelques jours, si l'on en croit une lettre à George Sand du 27 juillet 1867 :

« La raison était que : on a repeint mon logis. Si bien que j'ai passé quinze jours à Rouen dans le logement de ma mère, puis une semaine dans le petit pavillon qui est au bout du jardin. »

Un article paru en 1924 dans *Le Gaulois* décrit ce qu'est devenu le Pavillon :

« Le pavillon de Flaubert est très mélancolique. Il subsiste seul de la demeure, que remplace aujourd'hui une vaste et active papeterie. L'idée que l'on fabrique du papier au lieu même où Flaubert en a tant noirci excite l'esprit d'une manière assez sommaire. Il est probable que Flaubert accepterait le voisinage de cette usine. Mais s'il entrait aujourd'hui dans son pavillon, il entrerait en même temps, sans aucun doute, dans une belle colère. On a commis l'erreur d'accueillir, ici, trop de "curiosités". Ces innombrables petits cadres, qui recouvrent presque entièrement les murs, émiettent l'impression du visiteur. Qu'il eût été plus respectueux (plus habile aussi) de laisser la pièce presque nue : la table et le fauteuil, une vitrine de manuscrits, un buste et, au besoin, quelques meubles à vantaux pleins, dans lesquels ces "documents" (de valeur bien inégale) eussent pu être non point exposés, mais consultés !

La dernière "richesse" accueillie par le "musée Flaubert" est fort encombrante. Il s'agit d'un énorme travail moderne, une broderie reconstituant le "zaïmph" et que, faute de place ailleurs, on a dû accrocher au plafond, dans un cadre volumineux. L'on se représente Flaubert au travail, levant les yeux et apercevant cet oripeau. Quelle indignation ! Quels rugissements ! »

Il semble que certains admirateurs de Flaubert n'aient pas été très satisfaits des aménagements du Pavillon… Sans doute pour cette raison, *Les Côtes fleuries et le Pays normand* de l'hiver 1925 publièrent un article plutôt ironique, intitulé « Flaubert demande un conservateur », dans lequel Bouvard et Pécuchet visitent le Pavillon en émettant critiques et propositions :

« – Voilà une porte à repeindre, observa Bouvard.

– Et un parquet à encaustiquer, opina Pécuchet.

– On mettra des rideaux aux fenêtres, on installera l'électricité.

– Et puis le chauffage central. C'est glacial cet appartement.

– On fera redorer ce bouddha, déclara l'un des deux, montrant du doigt la statue du Dieu, à travers la vitre d'une armoire.

Ils se retrouvèrent bientôt dans le jardin.

– Que diriez-vous de corbeilles de fleurs sur ce gazon, des hortensias ou des rhododendrons ?

– Et même quelques légumes, que l'on vendrait au profit de l'aménagement du Musée.

Croquis pris sur place par G. Conrad

Ils arrivèrent au réduit ménagé sous le Pavillon. Dans un coin, un arrosoir, des pots de fleur, une bêche, un râteau, et, dans l'ombre, exposée à tous les vents perfides, près d'un Bouilhet nain, ils découvrirent, en falbalas, Mme Bovary, la Bovary de Jondet. »

Et l'article de se terminer sur les deux compères priant Mme Bovary d'intercéder en leur faveur afin qu'ils deviennent conservateurs « de ce logis illustre. »

L'annuaire de Rouen de 1928 mentionne, à la commune de Canteleu, la présence d'un gardien pour le pavillon Flaubert. Est-ce celui qui, lors de la visite, faisait admirer aux visiteurs « le portrait de Mme Salammbô » ?

CANTELEU

(Sections : 1° Bapeaume ; 2° Dieppedalle-Croisset ; 3° Canteleu-Village.)

Municipalité. — Dr J. Rocher, maire ; A. Bourgeois et J. Goubet, adjoints. — **Bureaux** : Lejard, secrétaire ; Thibault ☙, garde champêtre.
Clergé. — Fressard, curé, à Canteleu ; Lemaignent, curé, à Dieppedalle-Croisset ; Doret, curé à Bapeaume.

ARRONDISSEMENT DE ROUEN

Poste et télégraphe. — Mlle Gardinier, receveuse à Dieppedalle-Croisset. — Mme Fiquet, gérante, à Canteleu-Village, de l'agence postale. — Agence postale à Bapeaume, Mme Maineult, gérante.
Contributions directes. — Robert, percepteur, à Déville.
Instruction publique. — Barlois, à Bapeaume ; Dudouit, à Canteleu-Village : Choqueux, à Dieppedalle-Croisset ; Mme Barlois, à Bapeaume ; Mme Godefroy, à Canteleu-Village, et Mme Dejax, à Dieppedalle-Croisset.
Médecin. — Jules Rocher.
Pavillon Flaubert, à Croisset. — Camille Nicolas, gardien pour la ville de Rouen.

Chapitre IX

LES ILES

Pendant que Madame et Monsieur se laissent aller à une douce rêverie, interrompue par de brèves remarques languissantes sur la clémence du temps et le charme des lieux, Miche s'est emparée des documents de son père, et les parcourt avec attention, rejetant l'un, lisant l'autre, avec de petites exclamations. Elle lève soudain la tête :

« Papa, voyez donc, vous ne nous aviez pas lu ceci tout à l'heure. Écoutez comme c'est intéressant ! Je n'aurais jamais cru qu'il y avait autant d'îles, depuis Rouen jusqu'ici ! »

Et, de sa petite voix claire, qu'elle essaie de poser haut pour obtenir l'emphase d'un guide, elle lit gravement un article de Georges Dubosc, paru dans le *Journal de Rouen* du 28 avril 1888 :

« De l'embouchure de la rivière de Bapeaume on aperçoit toutes les anciennes îles de la Seine, aujourd'hui scindées, rescindées, rejointes et reliées à la terre ferme. De l'île du Petit-Gay, chère au peintre Lapostolet, du bras de Seine où Armand Carrel faillit se noyer, il ne reste rien ; de l'île Rollet, l'ancienne île à Rollet, remplie de cerisiers, souvent visitée des touristes du XVIIIe siècle, il ne reste qu'une maison. Le passage de cette île au dire du *Voyage de La Bouille par Terre et par Mer*, était assez difficile. « C'est là que nous fûmes avertis, dit l'écrivain anonyme, de nous tenir sur nos gardes pour passer entre l'isle à Rollet et le golfe de Bapeaume, ce qui se fit assez heureusement par la conduite de notre pilote. »

« Voici à côté l'île Grandin, l'ancienne île Du Breuil, où en 1592, lors du siège de Rouen par Henri IV, eurent lieu quelques combats : au dire de Valdory on y construisit même un fort. « Ceux qui estoyent en navire vers Croisset, dit le *Discours sur le Siège*, avoient aussi commencé un fort dans l'isle Méru, mais ils le laissèrent imparfait : ils y travailloyent encore, vaire le matin du jour où ils levèrent le siège. »

« Voici l'île Elie, qui portait, il y a quelques années, le nom d'île Rivell, séparée de l'île Pottier par le passage de Croisset à Petit-Quevilly. Ce passage règlementé a son histoire, bien courte, il est vrai.

Au Moyen Âge, les passeurs qui faisaient traverser la Seine aux hommes, femmes et enfants se rendant à la fête de la Saint-Gourgon à Canteleu « devaient la tierce partie de leur gain à l'église de Canteleu pour l'entretien d'icelle. » C'est là aussi qu'autrefois les bateaux bouillais halés le long de la rive gauche traversaient la Seine pour prendre leurs chevaux de halage sur la rive droite jusqu'à La Bouille : on appelait cela *débiller*.

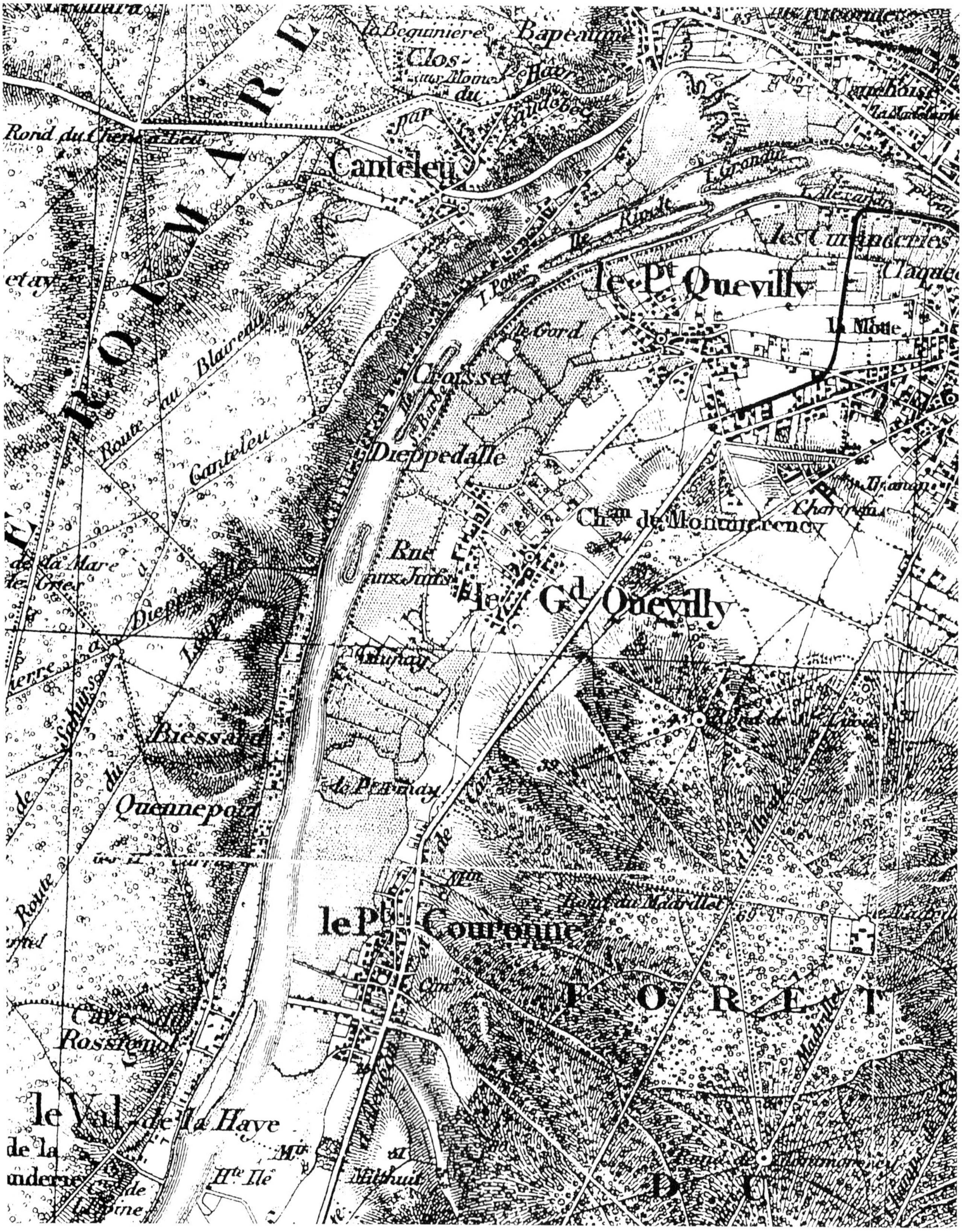

Les îles – détail agrandi d'une carte « les environs de Rouen », de la fin du siècle dernier, imprimerie Lemercier, Paris

[...] Tout ce bras de Seine était l'endroit aimé des promeneurs rouennais qui s'y rendaient en barques, et débarquaient dans les îles où l'on dansait aux sons de bandes de violons, où l'on jouait à la beste, au piquet, au tric-trac. »

« Toutes ces îles, ce devait être délicieux ! commente Miche, rêveuse. Il ne me semble pourtant pas en avoir vu autant, en venant par le bateau. »

Elle a raison. Déjà, en 1925, il ne reste plus que quelques îles : l'île Sainte-Barbe, l'île Groult, et l'île du Val de La Haye. Encore sont-elles en sursis, pour quelques années seulement. Il est difficile, de nos jours, d'imaginer la présence de ces îles, toutes disparues ; la Seine s'étale aujourd'hui sans discontinuité de la rive gauche à la rive droite. Il faut bien pourtant croire les descriptions de l'époque, et notamment celle de Guy de Maupassant, dans *Bel-Ami* :

« Georges la rejoignit bientôt.

– Veux-tu dégringoler jusqu'à la Seine ? dit-il.

Elle accepta avec joie :

– Oh ! oui. Allons.

Ils descendirent la montagne, louèrent un bateau à Croisset, et ils passèrent le reste de l'après-midi le long d'une île, sous les saules, somnolents tous deux, dans la chaleur douce du printemps, et bercés par les petites vagues du fleuve. »

Les îles faisaient en effet partie de la vie quotidienne des riverains et des promeneurs. Pourquoi ont-elles disparu ? L'industrialisation a imposé ses conditions : si l'on voulait importer et exporter, approvisionner ce gouffre qu'était Paris, il fallait bien que la Seine devienne un grand fleuve navigable, et les îles gênaient incontestablement, ainsi que le signale Georges Dubosc.

Les premières îles à être reliées à la rive furent, comme il était prévisible et naturel, les plus proches de Rouen et de son port ; énumérons-les, d'amont en aval, de Rouen au Val de La Haye :

L'île du Petit-Gay, qui faisait partie de la commune de Rouen, fut reliée à la rive droite en 1885.

Puis l'île Méru (ou île Alexandre), qui appartenait à la commune de Petit-Quevilly, fut rattachée à la rive gauche par l'amont, afin de former avec l'île Rollet (ou île Rolet, ou île Grandin, anciennement île Dubreuil), qui appartenait à la même commune, une presqu'île servant de bassin au bois, par suite de la construction d'une digue entre les deux îles. Ces travaux eurent lieu entre 1880 et 1885.

L'île Élie (appelée aussi île Revell, île Rivell ou île Rinelt) fut rattachée par l'amont à la rive gauche pour former un bassin aux pétroles (appelé presqu'île Elie) avec l'île Poutrel (ou île Pottier), vers 1888. Ces deux îles dépendaient elles aussi de la commune de Petit-Quevilly.

RÉPUBLIQUE FRANÇAISE
LIBERTÉ — ÉGALITÉ — FRATERNITÉ
PRÉFECTURE DU DÉPARTEMENT DE LA SEINE-INFÉRIEURE

PORT DE ROUEN

Amélioration et Extension

(Loi du 26 Août 1913)

Dérasement de l'île Groult et de l'île Ste Barbe

et exécution de Digues de Calibrage

ENQUÊTE NAUTIQUE

ARRÊTÉ

Le Préfet du Département de la Seine-Inférieure, Officier de la Légion d'Honneur,

Vu l'arrêté interministériel du 16 Avril 1909 sur l'organisation des Commissions Nautiques ;
Vu la lettre de l'Ingénieur en Chef du Service Maritime (3me Section) en date du 20 Novembre 1928,

Arrête :

ARTICLE 1er. — Il est constitué une Commission Nautique locale à l'effet d'examiner le projet ci-après : Dérasement des îles Groult et Sainte-Barbe et exécution de digues de calibrage destinées à améliorer les conditions de navigation dans la partie aval du Port.

Cette Commission sera composée de :

MM. l'Administrateur en Chef de l'Inscription Maritime à Rouen — *Président* ;
FULTOT, Pilote-Major à Rouen
VADET, Pilote de la station de Villequier, à Rouen
THIEBAUT, Capitaine au long-cours, commandant le vapeur pétrolier *Motrix*
AUGAIS, Capitaine au long-cours, propriétaire des remorqueurs *Maréchal-Foch*, *Bonsecours* et *Denise* — *Membres titulaires*
LEON, Capitaine au long-cours, Capitaine d'armement de la Société Navale de l'Ouest
ANGELE, Capitaine au long-cours, Capitaine expert — *Membres suppléants*

ARTICLE 2. — La Commission se réunira le **6 Décembre 1928, à 15 h. 30**, dans la Salle des Réunions des Services du Port de Rouen, 52, quai Gaston-Boulet, à Rouen, pour examiner les plans et renseignements nécessaires à l'intelligence du projet.

Elle se rendra compte, sur place, des dispositions proposées si elle le juge utile ; provoquera, s'il y a lieu, les observations des Ingénieurs du Service Maritime de la Seine-Inférieure (3me Section) et entendra les personnes qui auront demandé à présenter des observations ou qu'elle jugera utile de consulter.

Le procès-verbal de ses opérations sera remis par le Président à l'Ingénieur en Chef du Service Maritime de la Seine-Inférieure (3me Section). Un duplicata de ce procès-verbal sera transmis par le Président de la Commission à M. le Préfet du 1er Arrondissement Maritime, à Cherbourg.

ARTICLE 3. — Le présent arrêté sera notifié :
à M. le Préfet Maritime, à Cherbourg ;
à M. le Président et aux Membres de la Commission ;
à M. l'Ingénieur en Chef du Service Maritime de la Seine-Inférieure (3me Section).

Il sera publié et affiché dans le Port de Rouen.

Rouen, le 21 Novembre 1928.

Le Préfet,
F. CECCALDI.

Rouen. — Imp. des PETITES AFFICHES, 28, boulevard des Belges

L'île Sainte-Barbe (appelée aussi île Duval ou île Deschamps), qui faisait partie, elle, de la commune de Dieppedalle et était située en face du couvent Sainte-Barbe, fut rasée par dragage. Les travaux, commencés à la fin de l'année 1932, se terminèrent en mai 1933.

L'île Groult (que l'on connaît sous de nombreux autres noms : île Grout, île Gueroult, île Mandotte, île Mandot, île Donnette...) faisait aussi partie de la commune de Dieppedalle, et fut rasée vers 1931.

Enfin, l'île du Val de La Haye, dont les terrains furent acquis par le port de Rouen entre 1930 et 1936, fut définitivement rattachée à la rive droite plus tardivement, en 1951.

On a déjà vu que ces îles étaient autant de « restaurants champêtres » ; il n'y avait pourtant pas que des guinguettes construites sur les îles, mais aussi de belles demeures, ainsi que le décrit *Le Voyage de Rouen à La Bouille* :

« Une des îles située en face de Dieppedalle est couverte de constructions : c'est un petit château, puis des pavillons, des chalets qui forment une résidence d'été des plus agréables. Cette villa a été créée par un avocat du barreau de Rouen, justement renommé, M. Frédéric Deschamps. »

M. Frédéric Deschamps, qui était également auteur dramatique et membre du Yacht-Club de France, avait d'ailleurs donné son nom à cette île, appelée officiellement île Sainte-Barbe, mais dont on parlait souvent comme de l'île Deschamps.

L'île Sainte-Barbe, à la mort de Frédéric Deschamps, en 1875, avait échu en héritage à son fils, Arnold Deschamps. À la mort de ce dernier, en 1910, les héritiers vendirent l'île aux Ponts et Chaussées de la Seine-Inférieure.

Les îles, d'ailleurs, faisaient l'objet de tout un négoce, comme n'importe quel terrain. L'île Mandot fut ainsi mise à prix pour 16 000 F, avec ses constructions.

L'île Bricquette (ou île Braquette ; il s'agit en fait de l'île Pottier, puisque, dépendante de Petit-Quevilly, elle était située « en la rivière de Seine, vis-à-vis le passage de Croisset ») a été donnée à bail à plusieurs reprises. On retrouve trace d'un bail de trois ans consenti par le citoyen Pottier au citoyen Royer, pour récolter des roseaux, à charge de les recoucher ou repiquer, en date du *24 prairial an dix*. Dans la mesure où le calendrier républicain (en usage jusqu'au 1er janvier 1806) fait partir l'an I du 22 septembre 1792, on peut situer la signature du bail au mois de mai 1802.

En 1807, un autre bail, trois six neuf celui-ci, est consenti à ferme au sieur Mathieu Poutrel fils, chaufournier. On y apprend que l'île est plantée « d'arbres fruitiers, saules et autres ».

Mais ces îles pouvaient être aussi l'objet de nuisances, si l'on en réfère à la correspondance de Gustave Flaubert :

à Caroline, octobre 1869

« J'ai été, ce matin, réveillé par un bruit de tambours et de clairons ; messieurs les pompiers n'ont pas cessé *pendant trois heures* de s'exercer à cette jolie musique, en face de moi, dans l'île. Je les aurais étranglés avec délices. »

à George Sand, 20 juillet 1873

« Je ne suis pas comme M. de Vigny, je n'aime point le son du cor au fond des bois ». Voilà deux heures qu'un imbécile, posté dans l'île en face de moi, m'assassine avec son instrument. Ce misérable-là me gâte le soleil et me prive du plaisir de goûter l'été. Car il fait maintenant un temps splendide, mais j'éclate de colère.

[...] Allons, bon, encore le cor de chasse ! C'est du délire. J'ai envie d'aller chercher le garde champêtre. »

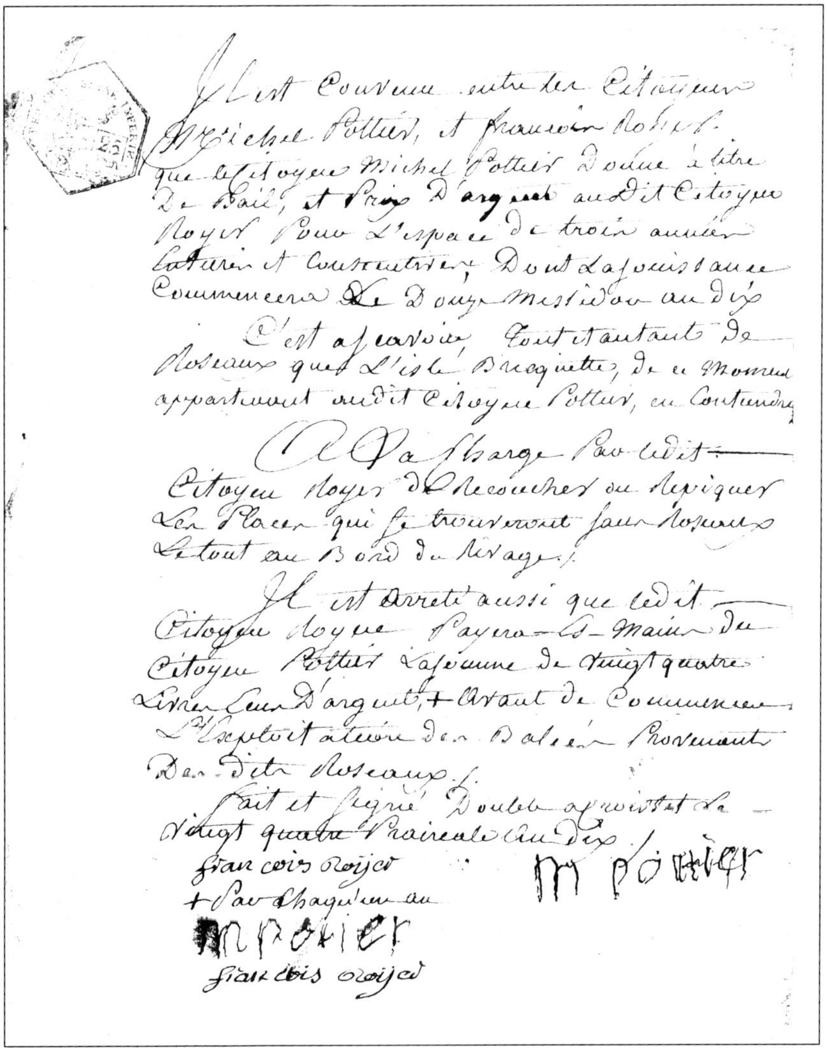
Il est Convenu entre les Citoyens
Michel Pottier, et françois Royer
que le Citoyen Michel Pottier donne à titre
de Bail, et Prix d'argent audit Citoyen
Royer Pour L'espace de trois années
entières et Consécutives Dont la jouissance
Commencera Le douze messidor an dix
C'est asçavoir, Tout autant de
Roseaux que L'isle Bruquettes, de ce moment
appartenant audit Citoyen Pottier, en Contiendra
A la charge Par ledit
Citoyen Royer de Recoucher ou Repiquer
Les Places qui se trouveront sans Roseaux
Le tout au Bord du Rivage.
Il est arrêté aussi que ledit
Citoyen Royer Payera ès mains du
Citoyen Pottier La somme de vingt quatre
Livres d'argent, Avant de Commencer
L'exploitation des Bois provenant
Des dits Roseaux.
Fait et signé Double approuvé le
vingt quatre Prairial an dix.
françois Royer
M Pottier
+ Par chaqu'un an
M Pottier
françois Royer

Il serait dommage de rester sur cette impression… bruyante ! Quittons plutôt les îles sur cette jolie phrase de Maupassant, dans *Bel-Ami* :

« Des îles, étalées sur l'eau, s'alignaient toujours l'une au bout de l'autre, ou bien laissant entre elles de grands intervalles, comme les grains inégaux d'un chapelet verdoyant. »

Chapitre X

SUR L'EAU ET SUR LES CHEMINS

Miche a arrêté sa lecture. D'un œil amusé, elle suit les évolutions de deux petits garçons qui se poursuivent entre les tables avec des cris de joie, las d'être restés assis trop longtemps. Les enfants n'aiment guère les repas qui s'éternisent, et ils apprécient à leur façon l'Hostellerie du Méridien, pour l'espace qu'elle leur offre. D'ailleurs, s'il leur arrive de heurter quelque chaise, personne ne se fâche ; la bonne chère adoucit les mœurs, tout comme la musique !

Battant la mesure d'un doigt, Miche fredonne, sans s'en rendre compte, *Valentine*, la chanson de Maurice Chevalier qui est sur toutes les lèvres. Une idée lui vient soudain, une bonne idée, sûrement, car ses joues ont pris une jolie teinte rosée :

« Papa, dit-elle d'un petit ton câlin, quand vous aurez trouvé notre maison, il faudra bien que vous achetiez une voiture pour petite mère, n'est-ce pas ? Car vous aurez vos affaires à Rouen, et nous, comment ferions-nous ? »

« Hum, dit Monsieur, taquin, et bien vous n'aurez pas besoin de sortir. À la rigueur, s'il te faut quelque chose, Miche, je te le rapporterai de Rouen. Du reste, vous pourrez toujours prendre le bateau. »

La petite fille fait la moue ; elle ne croit son père qu'à moitié ; elle a raison, car il reprend avec un sourire :

« C'est prévu, enfant gâtée ! Au mois de septembre, lorsque nous serons un peu installés, nous irons au Salon de l'automobile, choisir une auto pour ta maman. Peut-être n'auras-tu pas envie de nous accompagner ? »

Miche saute de joie. Quelles bonnes promenades en perspective !

DIEPPEDALLE

Un piéton est renversé par un sidecar

Mercredi, vers 12 h. 30, M. L... passait en side-car sur le quai de Danemark, quant arrivé près de la propriété Devey il renversa un piéton, M. Richer, demeurant à Dieppedalle.

Celui-ci en tombant se brisa la jambe droite.

Relevé par l'auteur de l'accident et un témoin, le blessé fut transporté en automobile à l'Hôtel-Dieu de Rouen.

La gendarmerie de Déville prévenue de cet accident a ouvert une enquête.

Quelques cartes postales des années 1920 donnent une idée de ce qu'était la circulation sur cette rive droite : quelques voitures, des vélos, on ne peut encore parler d'encombrements, même si les accidents ne sont pas rares.

D'ailleurs, par rapport à la rive gauche, cette rive est assez mal lotie : une seule ligne de tramway dessert Bapeaume jusqu'en 1910 ; après cette date, elle s'arrêtera au bas de la côte de Canteleu. Le chemin de fer n'est pas parvenu jusqu'à cette rive ; la ligne Rouen-Le Havre passe par Malaunay et Barentin, donc bien plus au nord.

La rive gauche, plus industrielle, est desservie par deux lignes de tramway, jusqu'à Sotteville et jusqu'au Petit-Quevilly. Le train dessert Petit-Quevilly, Grand-Quevilly, Petit-Couronne, Grand-Couronne, et Moulineaux (il s'agit de la ligne de Rouen à Chartres par Elbeuf). Mais après tout, Flaubert ne nous expliquait-il pas, en 1868, comment aller rapidement de Paris à Croisset ?

lettre à Tourgueneff, 18 novembre 1868

« Ah ! enfin ! on va donc se voir un peu, cher ami !

Je vous conseille de prendre le train express de 8 heures du matin, qui arrive à Rouen à 10 h 40. Arrivé à Rouen, vous trouverez un fiacre qui vous mènera à Croisset en vingt minutes. »

De Rouen à La Bouille - Service d'Eté 1925

Service de la Banlieue de Rouen depuis le 21 Mai

SEMAINE

Rouen (Pont Boïeldieu) à **Dieppedalle et La Bouille**

			(1)
Rouen (P. Boïeldieu) départ	10 15	14 15	18 45
Croisset	10 35	14 35	19 05
Dieppedalle	10 45	14 45	19 15
Dieppedalle-Forêt	10 50	14 50	19 20
Biessard	10 55	14 55	19 25
Val-de-la-Haye	11 05	15 05	19 35
Hautot	11 20	15 20	19 50
Sahurs	11 30	15 30	20 »
La Bouille arrivée	11 40	15 40	20 10

La Bouille et Dieppedalle à **Rouen** (Pont Boïeldieu)

La Bouille départ	7 30	12 30	16 45
Sahurs	7 40	12 40	16 55
Hautot	7 50	12 50	17 05
Val-de-la-Haye	8 05	13 05	17 20
Biessard	8 20	13 20	17 35
Dieppedalle-Forêt	8 25	13 25	17 40
Dieppedalle	8 30	13 30	17 45
Croisset	8 40	13 40	17 55
Rouen (Pont Boïeldieu) arrivée	9 05	14 05	18 20

(1) Départ à 18 h. 30 à partir du 10 Septembre

DIMANCHES ET FÊTES

ROUEN (Pont Boïeldieu) à DIEPPEDALLE et LA BOUILLE

	Direct		Direct		★	★	★
Rouen (Pont Boïeldieu) départ	10 15	10 30	14 15	14 30	18 15	18 45	20 15
Croisset	....	10 50	....	14 50	18 35	....	20 25
Dieppedalle	....	11 »	....	15 »	18 45	....	20 45
Dieppedalle-Forêt	....	11 05	....	15 05	18 50	....	20 50
Biessard	....	11 10	....	15 10	18 55	....	20 55
Val-de-la-Haye	....	11 20	....	15 20	19 05	....	21 05
Hautot	....	11 35	....	15 35	....	19 40	21 20
Sahurs	11 »	11 45	15 »	15 45	....	19 50	21 30
La Bouille arrivée	11 15	11 55	15 15	15 55	....	- 20 »	21 40

LA BOUILLE et DIEPPEDALLE à ROUEN (Pont Boïeldieu)

		Direct			Dir ★	★	★
La Bouille départ	7 »	11 30	12 45	16 15	17 15	....	20 15
Sahurs	7 10	....	12 55	16 25	17 25	....	20 25
Hautot	7 20	....	13 »	16 35	....	....	20 35
Val-de-la-Haye	7 35	....	13 20	16 45	....	19 05	20 45
Biessard	7 50	....	13 35	17 05	....	19 15	21 05
Dieppedalle-Forêt	7 55	....	13 45	17 10	....	19 20	21 10
Dieppedalle	8 »	....	13 50	17 15	....	19 25	21 15
Croisset	8 10	....	14 »	17 25	....	19 35	21 25
Rouen (Pont Boïeldieu) arrivée	8 35	12 30	14 20	17 50	18 30	20 05	21 50

(1) Sont considérés comme jours de fêtes : Ascension, Lundi de Pentecôte, 14 Juillet et Assomption

★ Ces départs seront facultatifs les Dimanches 13, 20 et 27 Septembre.

En fait, malgré les quelque onze mille kilomètres de voies de communication dont s'enorgueillit la Seine-Inférieure en 1873 (412 km de voie ferrée, 596 km de routes nationales, 845 km de routes départementales et 9 272 km de chemins vicinaux), la Seine reste la voie de communication la plus importante et la plus utilisée. Nous avons déjà vu que des lignes régulières faisaient des excursions de Rouen au Havre, de Rouen à La Bouille. Les cartes postales des années 1920 disent assez éloquemment que ces services de bateaux débarquaient à chacune des escales que nous connaissons un grand nombre de visiteurs ; nous avons d'ailleurs vu que Flaubert lui-même ne dédaignait pas ce mode de transport ; en voici encore une preuve :

lettre à sa nièce Caroline, 21 juin 1873

« Eh bien, moi aussi, mon loulou, j'ai fait

un voyage ! Moi aussi, je me promène en bateau à vapeur ! Moi aussi, je m'amuse ! *J'ai été hier à La Bouille !!!* et cette petite excursion m'a semblé délicieuse. Charpentier est arrivé hier à onze heures et demie. [...] Comme il faisait une chaleur à crever, à trois heures nous avons pris le bateau pour aller à La Bouille, d'où nous étions revenus à sept heures et demie. Il a, et j'ai comme lui, beaucoup admiré les rives de la Seine. »

L'Élan au Val-de-La-Haye

Bateau de La Bouille au Val-de-La-Haye, vers 1885

Bateau de La Bouille, vers 1885

Dessin de G. Conrad

— Alors, quoi ? Dans combien de temps passons-nous ?
— Une minute, monsieur ! L'Administration a réformé mon bac, et le remplaçant est prévu que pour 1936.

Un article paru dans *Les Côtes fleuries et le Pays normand* du printemps 1926, joliment illustré d'un croquis de Conrad, nous décrit ironiquement les joies des déplacements dans la contrée :

« Les voyages forment la jeunesse et aussi le caractère de l'âge mûr. Il faut avoir, à très haute dose, la vertu de patience et l'esprit de résignation pour se risquer en automobile sur les routes de notre belle et douce France.

Prenons pour exemple le chemin vicinal – cahoteux à souhait – qui nous fera suivre les rives fleuries de la Seine en aval de Rouen, à partir de Croisset. Après une halte obligatoire au pavillon de Flaubert ou à l'hôtellerie du Méridien – selon que l'on a soif de littérature, d'art ou de bon vin, – essayons de traverser le fleuve pour gagner Moulineaux ou la Maison Brûlée.

Si modeste que soit notre Citroën, elle ne pourra franchir la Seine à Petit-Couronne, malgré l'obligeance du passeur : ce pays n'est desservi que par un canot à rame.

Plus loin, essayons de passer en face Grand-Couronne. Le bac à rame est à perpétuité exempt de service et le passeur peut tranquillement se livrer aux fructueux agréments de la pêche fluviale.

À La Bouille, autre empêchement : on a remplacé un passeur qui buvait par un autre qui a des visions. Il voit le soleil couché à 6 h 15 au mois de mai et son bac ne quitte la rive qu'après entente sur le prix « qu'on voudra bien payer ».

Ceci prouve qu'en Seine-Inférieure, MM. les conseillers généraux ont manqué de psychologie en décrétant la gratuité des bacs. Les passages d'eau n'ont jamais coûté si cher aux passants que depuis qu'il n'y a plus de tarif !

La générosité du département soutient quelques fainéants incorrigibles et quelques ivrognes invétérés. On l'a vu récemment par la catastrophe du bac de Caudebec-en-Caux.

[...] On arrête la circulation, actuellement, à sept heures du soir (heure d'été), c'est-à-dire trois heures avant le coucher réel du soleil ; à l'heure où la circulation est la plus intense sur les routes fréquentées par ceux que leur travail oblige à circuler : livreurs, voyageurs de commerce, médecins, agriculteurs, voire même touristes. C'est stupide, tout simplement. »

Qu'étaient donc ces bacs et passages d'eau dont nous parle l'article ? La traversée des fleuves a toujours été un problème pour les riverains, et les ponts sont en principe concentrés dans les grandes agglomérations. Tant qu'il s'agissait de transporter des personnes, les barques suffisaient. Mais pour le transport des véhicules, il fallait trouver d'autres solutions. Les premiers bacs furent de simples plateaux, que l'on faisait avancer à force d'aviron. En 1820, apparurent les premiers bacs à vapeur. Au début, ils étaient munis de roues à aubes, bientôt recouvertes de tôle pour éviter que des troncs ou branchages flottant sur le fleuve n'entravent leur progression. Vers 1930, les hélices prirent la place des roues. Aux passages à eau, les traversées se faisaient simplement par barque. Il n'était d'ailleurs pas rare, à la fin du siècle dernier et au début de celui-ci, de posséder une barque, dont les usages étaient multiples : promenade (on a vu *Bel-Ami* louer une barque à Croisset), passage sur l'autre rive ou dans les îles, pêche enfin. Flaubert lui-même avait une barque, dont il se servait quand il voulait nager dans la Seine, ce qui était un de ses grands plaisirs. Quant à la pêche, est-il besoin de citer cette phrase si connue de Flaubert : « à une heure du matin, en juillet, par le clair de lune, il y fait bon venir voir pêcher les caluyots ». La Seine était effectivement un endroit de prédilection pour les pêcheurs, qui s'alignaient, immobiles et patients, le long de ses quais.

Cale du bac de Dieppedalle vers 1910

Passage du bac au Val-de-La-Haye, vers 1885

Il existait, de Croisset au Val de La Haye, quatre bacs ou passages : un passage d'eau à Croisset, vers Petit-Quevilly ; une pétition, en 1900, des habitants de Rouen, Canteleu et Petit-Quevilly, exposait les inconvénients dus à un déplacement de 400 mètres du passage d'eau suite à un accident. Une autre pétition, en 1911, émanant des ouvriers qui habitaient Croisset et travaillaient sur la rive gauche, aboutit à la gratuité du passage et à la mise en service d'une seconde barque.

On trouvait ensuite un bac qui allait de Dieppedalle à Grand-Quevilly. Au début du Val de La Haye (en venant de Croisset) un passage d'eau menait à Petit-Couronne ; et au sortir du Val de La Haye, à la hauteur de la colonne Napoléon, un bac desservait Grand-Couronne. On a en outre trouvé trace, en 1917, d'un passage d'eau à Biessard, dont l'existence était probablement à mettre en relation avec le camp de prisonniers.

À côté des barques, bacs et bateaux réguliers d'excursion, la Seine voyait aussi naviguer gribanes, trois-mâts, péniches, navires et steamers. Nous ne faisons ici que les énumérer, car ils servaient au transport des marchandises, et nous aurons l'occasion d'y revenir dans le chapitre suivant. Des yachts évoluaient aussi sur le fleuve, où navigation commerciale et navigation de plaisance cœxistaient pacifiquement (non sans quelques accidents).

Dès 1879, on voit apparaître une *Société des régates de Dieppedalle* (dont le président est M. Arnold Deschamps, nom qui ne nous est pas inconnu). À partir de 1881, des régates sont organisées tous les ans jusqu'en 1885.

Puis, en 1887, on assiste à la création du *Cercle Nautique de Croisset* (il deviendra en 1922 le Cercle Nautique de Rouen-Croisset, qui est toujours en activité). Dès 1888, la place de Croisset est cédée gracieusement pour l'organisation des régates ; cette générosité n'est pas sans contrepartie : ces régates attirent de « nombreux étrangers », ce qui est bon pour le petit commerce !

En 1889, les statuts du *Cercle nautique de Croisset* précisent que les dames peuvent faire partie du cercle, « si elles ont l'autorisation écrite de leurs maris ».

Programme Officiel. - Prix 0,10 cent.

14me Année — C.N.C. — 14me Année

Cercle Nautique de Croisset-lès-Rouen

GRANDES RÉGATES
Internationales
à la Voile et à l'Aviron

Le Dimanche 17 Juin 1900, à 1 h. 1/2, dans le Bassin de Croisset

Avec l'autorisation et sous la Présidence officielle de M. le Maire de Canteleu et sous la Présidence d'honneur de M. Mastier, Commandeur de la Légion d'honneur, Préfet de la Seine-Inférieure, M. le Commissaire de l'Inscription Maritime, Waddington, Sénateur, Président de la Chambre de Commerce de Rouen, Quillebeuf, Député, Besselièvre, Conseiller Général, Kneider, Conseiller Général, Gaston Boulet, Industriel, Chevalier de la Légion d'honneur.

Avec le concours de M. le Ministre de la Marine, de la Commune de Canteleu, de M. le Maire de Rouen, de la Chambre de Commerce de Rouen, de l'Union des Yachts Français, de la Société des Chantiers de Normandie, de la Société pour la Défense des intérêts de la Vallée de la Seine, MM. A. D. Bordes fils, Corblet, Tiberghien, Armateurs. MM. les Fils de A. Deutsch, Fenaille et Depeaux Industriels, des diverses Sociétés Nautiques et autres de la Région et de tous les Membres Actifs, Donateurs, Honoraires de la Société.

PROGRAMMES DES MUSIQUES

Musique du 24e Régiment d'infanterie

1. **Le Rouvray**, (Allégro militaire) — V. Bonnelle
2. **La Bohémienne** (ouverture) — Balfe
3. **Frou-Frou** (Valse) — H. Chateau
4. **Marche Prétorienne** — Ch. Lenepveu
5. **Le Prophète** (Fantaisie) — Meyerbeer
6. **La Paloma** (Habanera) — Corbin
7. **L'Ardennaise** (Mazurka) — A. Bonnelle
8. **Posada** (Valse) — Elsen
9. **La Fugitive** (Polka) — A. Bonnelle
10. **Aux Armes** (Allégro) — Bosc

Musique de Canteleu et Chantiers de Normandie réunies.

1. **St-Dié**, (Allégro) — Allier
2. **Le Voyage en Chine**, (Ouv.) — Bléger
3. **Marie-Augustine** (Polk. Pist.) — Naudin
4. **Flore & Zéphir** (Fantaisie) — Labole
5. **Polka des Oiseaux** id. — Conor
6. **La Marseillaise**, (marche). — Rouget de l'Ile

Entrée des Tribunes : 1 fr. -:- Secondes : 0 fr. 50 cent.

CERCLE NAUTIQUE
DE
CROISSET-LÈS-ROUEN

C.N.C.

FONDÉ EN 1887

Siège Social à Croisset

Maison COLANGE, Restaurateur

Garage à Rouen

chez M. LECLERC, constructeur, (Ile-Lacroix)

SPORT NAUTIQUE
Les Régates de Croisset

Les régates (voile et aviron) auront lieu après-demain dimanche. Elles commenceront à une heure et demie dans le bassin de Croisset. Le concours de la musique du 24e de ligne est assuré ainsi que celui de la musique de Canteleu.

M. le ministre de la marine a promis la présence de deux torpilleurs.

Le nombre des sociétés déjà engagées assure dès maintenant une splendide journée. Le soir, fête et bal sur la place de Croisset ; feu d'artifice ; illuminations, etc.

La Compagnie des bateaux-omnibus fera un retour de Croisset pour Rouen, le soir, à onze heures et demie.

La Société des Régates de Dieppedalle nous communique le programme de ses régates, qui auront lieu dimanche prochain. Ce programme comprend six courses à l'aviron et cinq courses à la voile, avec les intermèdes de rigueur.

Des prix très importants seront décernés aux vainqueurs. Nous relevons dans la liste : une coupe de Sèvres, offerte par le président de la République ; un prix de 100 fr., offert par le conseil général de la Seine-Inférieure ; des médailles de vermeil et d'argent, offertes par le ministre de la marine, M. le préfet, la chambre de commerce de Rouen, M. Waddington, député ; la commune de Canteleu, M. Besselièvre, M. Bertin, la Société des Régates Rouennaises, le Yole-Club Rouennais, M. Lemarchand, conseiller d'arrondissement ; la Scierie de Dieppedalle, MM. Deutsch, etc.

En 1900, les Régates deviennent « internationales ». Elles sont l'occasion de grandes fêtes, avec feux d'artifices, retraites aux flambeaux, fanfares. La foule se pressait à ces manifestations, qui remportaient un vif succès, attesté par les cartes postales de l'époque.

Cercle Nautique

Ce fut une fête charmante que celle qui se déroula dimanche dernier chez M. Dumontier, président de la Section d'aviron du C.N.R.C., à Dieppedalle, dont l'établissement jouit d'une vogue bien méritée. Ces agapes annuelles sont toujours attendues avec impatience par les fervents de la voile et de l'aviron qui pratiquent dans notre Seine maritime.

* * *

Une cinquantaine de convives, parmi lesquels de gentilles équipières, étaient réunis autour d'une table élégamment servie, placée au centre de la salle de bal. Le dévoué président, M. Ménager, occupait la place centrale entouré par M. le docteur Rocher, maire de la commune ; par M. Prévost, ancien président, qui retiré maintenant sur des hauteurs d'où l'on n'aperçoit la Seine que de loin, n'en reste pas moins attaché à son ancien et cher club; par MM. Thoumyre, le distingué président du Club Nautique et Athlétique de Rouen; Leboullenger, de la Société des Fers et Métaux ; Savary, secrétaire-trésorier, etc...

* * *

Le dîner fut d'une gaieté de bon aloi, ainsi qu'il sied à des rowingmen, et chacun savoura le délicieux dîner préparé avec un soin tout particulier par une artiste culinaire de premier ordre, Mme Luce. La fourchette fut maniée avec un bel entrain.

* * *

Les conversations furent animées et l'on se rappela non sans satisfaction les succès de l'année : vingt-six premiers prix. A côté des conversations particulières, il y en eut d'autres aussi intéressantes. C'est ainsi que l'on apprit que M. le Maire avait fait un déjeuner de chasse le matin, une forte collation vers la fin du jour. Et M. le Maire trouva encore les forces nécessaires pour faire face avec honneur au banquet du soir. Tout en étant édile et possesseur de brillantes qualités municipales, on peut posséder également d'inépuisables qualités digestives.

Chapitre XI

COMMERCE ET INDUSTRIE

L'après-midi s'étire au chaud soleil de ce dimanche de juin 1925. Miche et ses parents sont allés faire une petite promenade le long des quais, ont commenté le ballet des embarcations et des navires, puis sont revenus goûter à l'Hostellerie du Méridien, dont ils apprécient les frais ombrages et le calme jardin. La théière étincelle au soleil et les petits-fours sont alléchants. Monsieur, tout à fait conquis, a proposé de dormir là ce soir ; ils profiteront de la fraîcheur vespérale pour admirer le spectacle nocturne de la Seine. Le bon hôtelier a donné sa meilleure chambre. Une chance ! Normalement tout était retenu, mais on avait téléphoné ce midi même pour reporter de deux jours une location !

Pendant que Miche boit son thé avec des mines de petit chat gourmand, essayons de rendre ce que devait être ici la vie quotidienne autour des années 1900, de retrouver les activités des habitants.

La correspondance de Flaubert est riche en renseignements à ce sujet. Il vivait la plupart du temps à Croisset, et se souciait de ses semblables, qu'il observait d'un œil acéré et un brin goguenard, mais au fond bienveillant. Il parlait de l'horloger, du mari de la cuisinière, du curé, du docteur, du charpentier, du boucher et du menuisier, tous ces humbles et nécessaires acteurs de la vie de tous les jours. Regardons cette galerie de portraits :

lettre à Caroline, novembre 1868

« Fait important, l'amour d'horloger a comparu jeudi, à Croisset, avec le bras en écharpe.

Le pauvre chéri a cuydé se casser la gueule en tombant d'un escabeau sur lequel il était juché pour remonter une pendule ; il y a eu échappement de sa personne par terre. »

lettre à Jules Duplan, juillet 1857

« Vous m'avez entendu parler d'un certain Anthime, ancien domestique de ma mère et mari de la cuisinière que nous avons. Ce respectable serviteur, haut de cinq pieds huit pouces, porteur de boucles d'oreilles, de bagues et de chaînes d'or, tournure de chantre, air idiot, ami des prêtres et coopérant, l'été, à l'édification des reposoirs, renvoyé pour ses mauvaises mœurs, avait trouvé, en sortant de notre service, un ancien distillateur enrichi que l'on appelle familièrement le père Poussin. Ledit père Poussin était plutôt l'ami que le maître d'Anthime. Ils sortaient bras dessus, bras dessous et faisaient, le soir, la petite partie de cartes. Et bien ! tout à coup, le père Poussin s'est fâché et a mis Anthime à la porte. Il a dit à la femme de ce misérable un bien beau mot : « C'est un homme, madame, qui aime son semblable. »

« N.B. – Le père Poussin est âgé de 72 ans ! et hideux ! Il a un tremblement continuel et bavachotte agréablement. »

lettre à Louis Bouilhet, octobre 1857

« T'ai-je dit, à propos de succès, que le curé de Canteleu *tonne* contre moi. Il *arrache* mon livre des mains de ses paroissiennes. »

lettre à Caroline, 24 janvier 1862

« J'ai pour distraction la conversation des ouvriers, le père Senart qui ne me paraît pas fort du tout et l'illustre Migraine qui sort de mon cabinet à l'instant. »

Entreprise de Menuiserie

Spécialité de Parquets

E. SÉNARD

à Croisset

Moulures en tous genres

lettre à Caroline, janvier 1862

« Ton ami le père Calame est mieux portant que jamais. Je lui ai fait cadeau de cinquante centimes. Il porte avec lui dans son panier une bouteille d'eau-de-vie, non qu'il en boive, mais tous les petits verres qu'on lui offre, il les verse dans ladite bouteille, qu'il compte vider quand il sera tout à fait rétabli. Je trouve cela d'un bon sens extrêmement comique... »

lettre à Caroline, août 1865

« Ta bonne maman ne va pas bien aujourd'hui, ma chérie. Elle a eu ce matin une crise tellement violente (cris, pleurs, trépignements) que, ne sachant plus que faire, j'ai envoyé chercher M. Fortin.

Pendant sa visite elle ne souffrait pas. Puis, le médecin parti, le mal est revenu. »

lettre à Caroline, août 1873

« Événement dramatique hier à Croisset : *Ton* jardinier Chevalier a arrêté un homme qui volait des prunes chez la mère Bréauté ! Gueulade sur le quai, en pleine chaleur. Personnages : Remoussin, Leroux, la chienne d'Émile, etc., la *bourouette* de Chevalier et la petite Marie, fille de Chevalier. On a conduit le délinquant en prison, et messieurs les gendarmes sont venus faire une enquête. »

lettre à Caroline, 17 décembre 1859

« Ton chat a été aujourd'hui porté chez Mme Sénard, la femme du menuisier. Le boucher lui apportera toutes les semaines pour quatre sols de mou. »

Précisons, pour la bonne compréhension de cette chronique ordinaire, que « l'illustre Migraine » était charpentier, et que « le père Calame » était un mendiant qui servait de modèle à Caroline. On a trouvé trace d'une facture de la menuiserie Sénard, en 1889, adressée à Monsieur le Conseiller de la commune de Canteleu.

Outre ces artisans, de nombreux cafés, restaurants ou hôtels s'étaient installés sur cette rive droite : notamment, à Croisset, l'hôtel Colange (on pouvait lire sur la façade *Le Cuisinier de M. Gustave Flaubert*), le café Grévin, le café-restaurant du Petit Navire ; à Dieppedalle, le café-restaurant du Passage, dont le propriétaire, M. Dumontier, annonçait *Billard au Premier – Jardins et Tonnelles*, l'hôtel Dieppedalle-Forêt (construit en 1898 sur l'emplacement d'une forge) ; au Val de La Haye, on trouvait le restaurant Nicolet, le restaurant Thomas, aussi nommé *Au rendez-vous des bicyclistes*, l'hôtel-restaurant du Pingouin, le café et restaurant champêtre Chéron, et, bien sûr, l'hôtel du Méridien !

HOTEL DIEPPEDALLE FORET
H. RIBET, propriétaire
ABACS
BIERES PAILLETTE
Edit. Godard

LE VAL-DE-LA-HAYE (S.-Inf.). - Les Bords de la Seine. Hôtel-restaurant du « Pingouin ».
Edit. Le Pingouin

Si l'on se réfère à un état nominatif de 1905 concernant les ateliers employant un personnel exclusivement féminin, on trouve une blanchisserie à Croisset, et six à Dieppedalle. Un article du *Journal de Rouen* du 22 janvier 1892 (que nous verrons plus loin, relatant un éboulement de falaise) nous précise que, entre autres, le lavoir de M. Lorillon avait 8 employées. En 1901, les blanchisseries de Croisset et de Dieppedalle employaient 26 personnes. Ce chiffre paraît important, par rapport à la population de ces villages. Il semble que le linge de Rouen venait, par le bateau de La Bouille, jusqu'aux blanchisseries de la rive droite, qui le renvoyaient blanchi et repassé, toujours par le bateau de La Bouille.

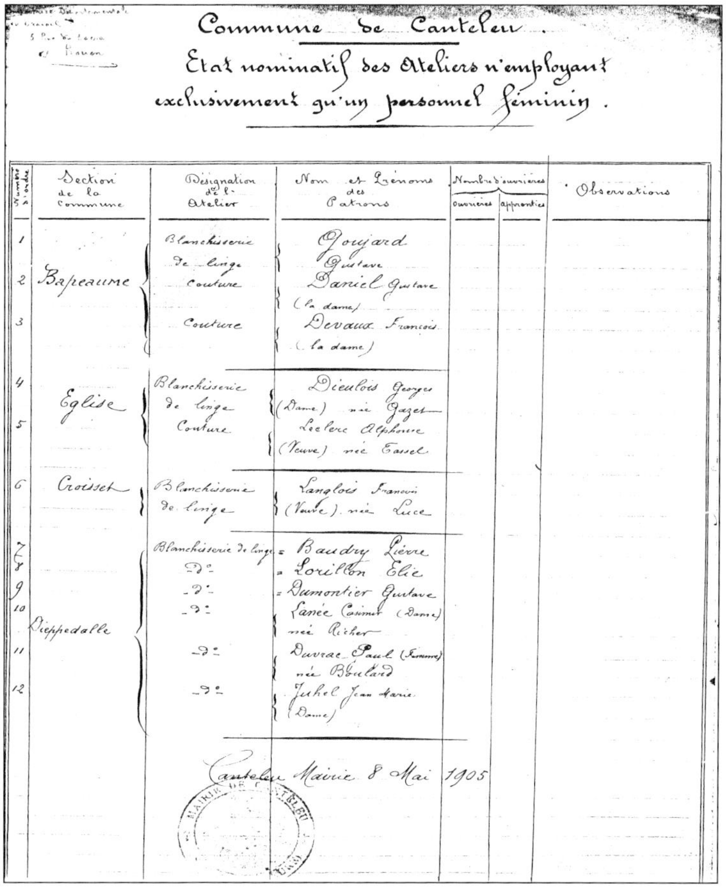

Commune de Canteleu.

État nominatif des Ateliers n'employant exclusivement qu'un personnel féminin.

Numéro d'ordre	Section de la commune	Désignation de l'Atelier	Nom et Prénoms des Patrons	Nombre d'ouvrières: ouvrières	apprenties	Observations
1	Bapeaume	Blanchisserie de linge	Goujard Gustave			
2	Bapeaume	Couture	Daniel Gustave (la dame)			
3	Bapeaume	Couture	Devaux François (la dame)			
4	Église	Blanchisserie de linge	Dieulois Georges (Dame) née Gazet			
5	Église	Couture	Leclerc Alphonse (Veuve) née Tassel			
6	Croisset	Blanchisserie de linge	Langlois François (Veuve) née Luce			
7	Dieppedalle	Blanchisserie de linge	Baudry Pierre			
8	Dieppedalle	D°	Lorillon Élie			
9	Dieppedalle	D°	Dumontier Gustave			
10	Dieppedalle	D°	Lanée Casimir (Dame) née Richer			
11	Dieppedalle	D°	Duvrac Paul (Femme) née Boulard			
12	Dieppedalle	D°	Juhel Jean Marie (Dame)			

Canteleu Mairie 8 Mai 1905

Il nous faut maintenant parler de l'implantation industrielle sur cette rive droite. François Depeaux écrivait, en 1907 :

« On remarquera que [...] nous prolongeons les voies qui desserviraient les quais ouest du futur bassin jusqu'à l'entrée de la section de Croisset (commune de Canteleu), afin d'y créer une gare à marchandises en vue de faciliter leurs réception et expédition, par chemin de fer, aux usines (fabrique de papier, usines de produits chimiques, scierie, etc.) situées à Croisset, Dieppedalle et Biessard. »

Déjà, en 1876, sur un état nominatif portant sur le travail des enfants dans l'industrie, on pouvait relever la présence à Croisset de : une fabrique de savons, deux fabriques de produits chimiques, une fabrique de chaux et une de craie ; sur Dieppedalle, on trouvait : neuf fabriques de craie et une fabrique de produits chimiques.

Notons qu'en 1876, les neuf petites exploitations de craie sur Dieppedalle emploient 36 personnes ; elles seront au nombre de onze en 1888, mais n'emploieront plus que 34 personnes.

Sur Croisset, la fabrique de chaux, qui appartenait à Raoul Emangard, employait 9 personnes en 1876 ; elle s'était dotée en 1832 d'un four à chaux.

Quant à la fabrique de savon, appartenant à Henri Cuvellier, pharmacien, elle existait à Croisset depuis 1851, et employait 10 personnes en 1876. On retrouve son existence dans les annuaires jusque dans les années 1890, mais elle a disparu dans l'annuaire de 1899.

Pascal Sénard, fabricant de craie à Dieppedalle

Travail des Enfants dans l'Industrie

Noms des Industriels	Professions	Domicile	Âges de 8 à 10 ans		de 10 à 12 ans		de 12 à 16 ans		de 16 à 20 ans		de 20 ans et au-dessus	
			Masculin	Féminin	Masculin	Féminin	Masculin	Féminin	Masculin	Féminin	Masculin	Féminin
Boulet Père et Fils	fabricants d'alcools	Bapeaume	"	"	"	"	"	"	5	"	25	"
Cambron Père et Fils	Teinturier	d°	"	"	"	"	"	"	"	"	4	"
Corrier Alphonse	filateur	d°	"	"	18	4	18	6	8	7	10	25
Dijon Anthime	fᵗ de bois de teinture	d°	"	"	"	"	"	"	"	"	5	"
Dreyfus Paul & Fils	filateur	d°	"	"	3	6	14	12	14	10	20	25
Dubreuil Émile	Blanchisseur de toile	d°	"	"	1	1	4	4	4	3	21	6
Lecœur Frères	Teinturier	d°	"	"	"	"	13	"	12	"	60	3
Lemaignent Alexandre	Imprimeur	d°	"	"	17	14	20	11	4	5	89	10
Pigeon Armand	fᵗ de broche	d°	"	"	"	"	"	"	1	"	3	"
Bougard Eugène	Constructeur mécanicien	d°	"	"	"	"	1	"	"	"	10	"
Cuvellier Henri	fᵗ de savon	Croisset	"	"	"	"	1	"	1	"	8	"
Duclos et Hardel	fᵗ de produits chimiques	d°	"	"	"	"	1	"	4	"	24	"
Emangard Raoul	fᵗ de chaux	d°	"	"	"	"	"	"	"	"	9	"
Lecœur Augustin	fᵗ de craie	d°	"	"	"	"	"	"	"	"	2	"
Tesson et Boitel	fᵗ de produits chimiques	d°	"	"	"	"	"	"	"	"	3	"
Boisset Édouard	fᵗ de craie	Dieppedalle	"	"	"	"	"	"	"	"	1	1
Boisset Jules	fᵗ de craie	d°	"	"	"	"	"	"	1	"	2	"
Courbey veuve	fᵗ de craie	d°	"	"	"	"	"	"	"	"	1	"
Cuvelin Henri	fᵗ de craie	d°	"	"	"	"	"	"	"	"	2	1
Guérin veuve	fᵗ de craie	d°	"	"	"	"	"	"	"	"	3	1
Gueroult Ézéchiel	fᵗ de craie	d°	"	"	"	2	"	"	"	"	1	1
Hardel Frère	fᵗ de produits chimiques	d°	"	"	1	"	2	"	5	"	48	"
Langlois Henri	fᵗ de craie	d°	"	"	"	"	1	"	"	"	2	1
Lecret Félix	fᵗ de craie	d°	"	"	"	"	"	1	"	"	4	"
Senard Pascal	fᵗ de craie	d°	"	"	"	"	1	"	1	"	4	"

Le présent État dressé par nous, Maire de Canteleu

Canteleu, le 30 Mars 1876

Le Maire,

Cet état nominatif prouve d'ailleurs l'exactitude des détails donnés par Guy de Maupassant dans *L'Angélus* sur le personnage de M. Boutemart, dont il fait un petit commerçant devenu industriel, finissant par gagner une grosse fortune avec une fabrique d'acides et de vinaigres artificiels.

Comme fabricants de produits chimiques, on trouve donc à Croisset, les Ets Tesson et Boitel (qui employaient 3 personnes), et les Ets Duclos et Hardel. Ces derniers employaient 29 personnes en 1876 ; ils figurent dans l'annuaire de 1899 à la rubrique *produits chimiques et extraits de bois de teinture*. L'usine Duclos, fabriquant des extraits de bois de teinture, était encore en activité en 1939, et fut bombardée pendant la guerre de 1940.

On trouve ensuite à Dieppedalle les Ets Hardel, qui ont d'ailleurs donné leur nom à une rue dans cette commune. En 1838, Jean-Baptiste Hardel est fabricant de vinaigres. En 1861, le successeur Hardel Frère demande l'autorisation d'utiliser une machine à vapeur pour fabriquer de l'acide acétique. Les Ets Hardel Frère emploient 56 personnes en 1876. Un tableau de leurs horaires de travail, en 1904, établit que la durée du travail quotidien est de 10 h 30.

C'est à Dieppedalle aussi que Malétra implantera une fabrique (d'acide pyroligneux entre autres) employant 36 personnes en 1910 (fabrique qui sera sinistrée lors des inondations consécutives à la crue de janvier 1910). Écoutons ce que nous dit, au sujet de Malétra, Eugène Noël dans *Rouen, Rouennais, Rouenneries* :

« Cette usine, humblement créée, elle aussi, au commencement du siècle, par un simple ouvrier, Malétra, est devenue, près de la ville, comme une autre ville, comme un monde de manipulations chimiques. Il y a là des appareils qui confondent l'esprit... Quant aux fours et surtout les fours tournants, c'est une vision de l'enfer. Oh ! si Dante eût connu ces fours terribles, cet enfer tournant sur lui-même, bouleversant sans repos ses abîmes de feu, quels supplices imprévus pour ses damnés éternellement déséquilibrés, renversés les uns sur les autres dans ces torrents de lave, dont il ne put en son temps avoir aucune idée ! On ne sait que depuis une quarantaine d'années donner au feu toute son énergie.

Environs de Rouen — Dieppedalle — Le Quai et les Iles

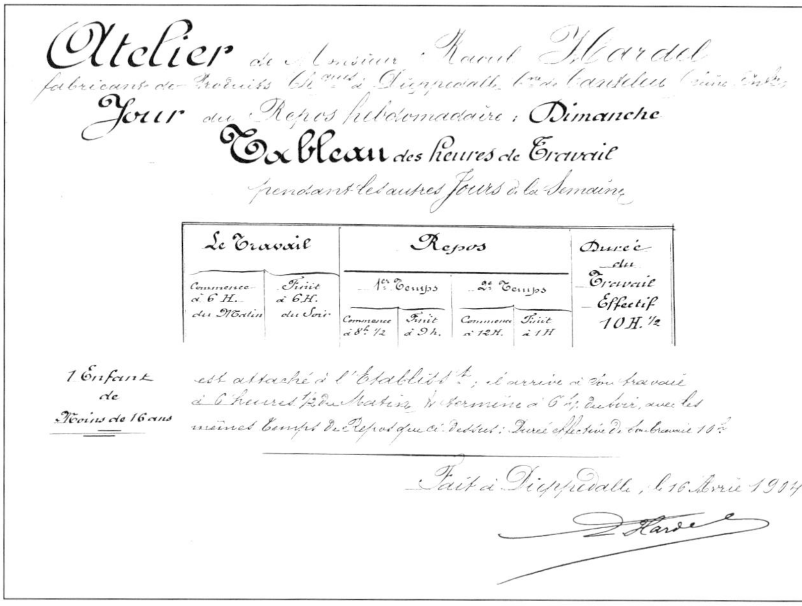
Atelier de Monsieur Raoul Hardel
fabricant de Produits Chimiques à Dieppedalle, Cne de Canteleu (Seine-Infre)
Jour du Repos hebdomadaire : Dimanche
Tableau des heures de Travail
pendant les autres Jours de la Semaine

Le Travail		Repos				Durée du Travail Effectif
		1er Temps		2e Temps		
Commence à 6 H. du Matin	Finit à 6 H. du Soir	Commence à 8 h ½	Finit à 9 h.	Commence à 12 H.	Finit à 1 H	10 H. ½

1 Enfant de Moins de 16 ans est attaché à l'Etablist ; il arrive à son travail à 6 heures ½ du Matin et termine à 6 h ½ du Soir, avec les mêmes temps de Repos que ci-dessus : Durée effective de son travail 10 h

Fait à Dieppedalle, le 16 Avril 1914
Hardel

Ces fours tournants de l'usine Malétra laissent couler, de deux heures en deux heures, la soude incandescente. Des wagonnets, enchaînés les uns aux autres, charrient le feu en longues files... Le spectacle, surtout le soir, est inimaginable. Dante eût frémi et renoncé peut-être à cet épouvantable rêve d'hommes plongés dans de tels gouffres.

[...] Faut-il dire maintenant que la superficie de l'usine Malétra est de vingt-sept hectares, que la valeur de son outillage approche de trente millions ? Quand on songe qu'il y a là des cornues en platine du prix de cinquante mille francs l'une, qu'on peut s'y promener dans des chambres de plomb grandes comme des cathédrales, on ne trouve pas cette évaluation exagérée. »

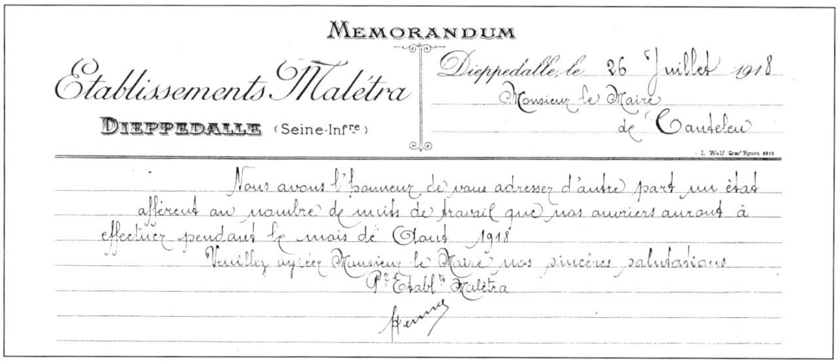
MEMORANDUM

Etablissements Malétra
DIEPPEDALLE (Seine-Infre)

Dieppedalle, le 26 Juillet 1918
Monsieur le Maire
de Canteleu

L. Wolf Grav Rouen

Nous avons l'honneur de vous adresser d'autre part un état afférent au nombre de nuits de travail que nos ouvriers auront à effectuer pendant le mois de Août 1918
Veuillez agréer Monsieur le Maire nos sincères salutations
Pr Etablts Malétra

Certes, Eugène Noël, dont le livre, rappelons-le, est écrit en 1894, parle ici de l'usine Malétra implantée rive gauche, au Petit-Quevilly. Cette entreprise était née à Rouen sous le premier empire. Pourquoi à Rouen ? À cause du port de Rouen, bien sûr, qui permet l'importation des produits pondéreux, et les réceptions/expéditions de marchandises. Mais aussi, l'industrie chimique en Normandie est étroitement liée à celle du textile, qu'elle fournit en agents de blanchiment et en teintures ; or les fabriques textiles, notamment de rouenneries et d'indienne, sont concentrées autour de Rouen et d'Elbeuf. L'usine Malétra, à la fin du siècle dernier, fournit la France entière en *cristaux*, c'est-à-dire le carbonate de soude utilisé comme lessive. Aujourd'hui encore, lorsqu'on demande aux *anciens* qui habitent Dieppedalle ce que fabriquait Malétra, la réponse est : la lessive.

L'entreprise prospère au début du XXe siècle, et la guerre de 1914 va lui donner un nouvel essor, en raison des besoins en explosifs et de la recrudescence du textile, due aux besoins militaires. La fin de la guerre verra Malétra revenir à ses premières amours : les colorants, les engrais chimiques. Dans les années 1920, c'est une énorme entreprise, dont le siège est à Paris, mais dont les usines sont toujours installées dans la Seine-Inférieure, au Petit-Quevilly et à Dieppedalle. C'est en 1925 qu'aura lieu le regroupement Bozel-Malétra.

François Depeaux parlait également d'une scierie : il s'agit de la scierie Le Bourgeois, installée à Dieppedalle au bord du fleuve, deux appontements lui servant à décharger les bois en provenance de la Scandinavie, et à charger les péniches repartant vers Paris.

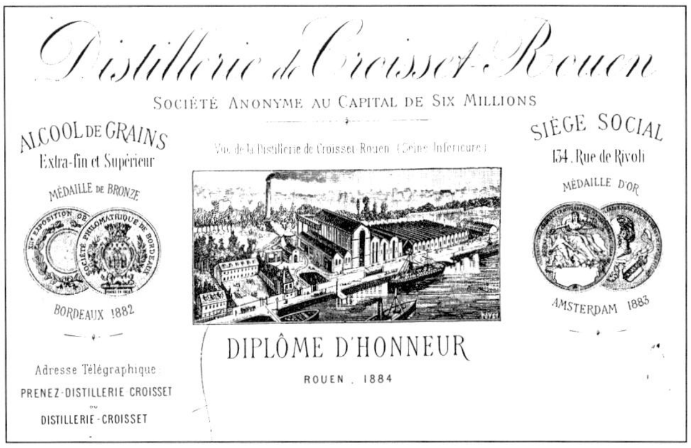

Nous avons déjà, en parlant du Pavillon Flaubert, évoqué une distillerie, puis une papeterie. Dès la mort de Flaubert, en mai 1880, sa propriété a en effet été rachetée pour être rasée. Le terrain est remblayé pour échapper aux crues et inondations, et la première pierre d'une distillerie est posée fin juillet 1881. Le 1er avril 1882, la distillerie commence son exploitation, sur 3 740 m2 de bâtiments, avec une façade sur la Seine de 250 mètres. La position en aval du port de Rouen permet à la distillerie d'utiliser le fleuve pour réceptionner les matières premières, et expédier les produits finis.

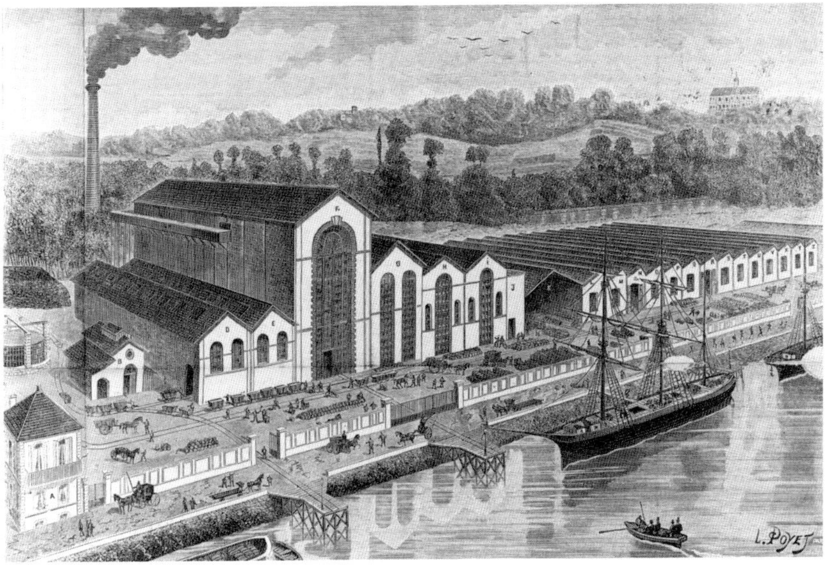

La production journalière d'alcool fin est de 200 hectolitres. L'alcool est fabriqué à partir de grains avariés de maïs ou de riz, par saccharification à l'acide chlorhydrique. 60 000 kilogrammes de grains sont travaillés quotidiennement ; pour 100 kilogrammes de maïs, on obtient 32 litres d'alcool fin à 90°. En 1888, cette distillerie emploie 110 personnes.

C'est en 1907 que la papeterie Aubry s'installe à l'emplacement de la distillerie. Les produits forestiers ont toujours été une des spécialités du port de Rouen, avec l'importation des bois venant des pays scandinaves et de Russie. Si l'industrie du papier avait enregistré une baisse vers 1830, elle se développe à nouveau au début de ce siècle, en liaison avec l'essor de la presse, et la papeterie Aubry se spécialisera en papier journal, dont Paris est un énorme consommateur. La papeterie est toujours en activité aujourd'hui.

Brasserie Wagner, quai Gustave-Flaubert, à Croisset

Outre ces industries, on trouve trace à Croisset, en 1888, d'une brasserie : la brasserie Wagner, qui emploie six tonneliers ; elle fabrique la *bière de Croisset*. Une carte postale représentant la brasserie Alsacienne (grand café situé à Rouen, quai Saint-Sever) montre la réclame de ce café pour la bière de Croisset.

On a déjà évoqué l'existence de grottes dans les falaises de Dieppedalle. Elles ont longtemps servi de dépôts de sel, notamment à l'époque de la gabelle. Le sel, denrée vitale d'origine essentiellement marine, était transporté sur la Seine, et stocké dans des dépôts ; les grottes de Dieppedalle furent utilisées comme chambre de dépôt. On a connaissance d'un acte par lequel Michel Pottier, propriétaire d'une cave à Dieppedalle, reprend des mains de la nation ladite cave, qui servait de lieu de livraison aux sels nationaux, en 1793.

Lorsqu'elles ne servaient plus au dépôt des sels nationaux, les grottes étaient couramment utilisées comme lieu de stockage. C'est donc tout naturellement qu'on y stocka le pétrole.

La Seine avait toujours été la voie par excellence du transport des matières premières, puis des énergies, d'abord le charbon (qui était stocké, on l'a vu, dans le *bassin aux charbons*, ou presqu'île Rollet), puis le pétrole.

Celui-ci arrive à Rouen dès 1869, et est entreposé dans les caves de Dieppedalle, puis dans celles de Croisset.

On trouve, en 1878, une affiche portant enquête pour un *entrepôt d'huiles et essences de pétroles* à Croisset. C'est l'entreprise Deutsch, négociants en pétrole à Rouen, qui en fait la demande.

Les parois des caves de Dieppedalle qui servaient au stockage du pétrole étaient recouvertes de briques. Par mesure de sécurité, il était interdit de pénétrer dans les caves avec des chaussures à clous (en raison des risques d'étincelles) et il y avait 10 mètres cubes de terre meuble à l'entrée de la grotte.

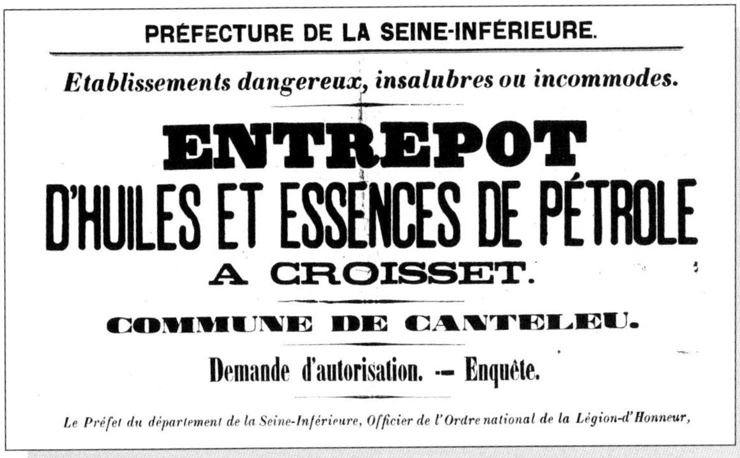
PRÉFECTURE DE LA SEINE-INFÉRIEURE.

Etablissements dangereux, insalubres ou incommodes.

ENTREPOT
D'HUILES ET ESSENCES DE PÉTROLE
A CROISSET.

COMMUNE DE CANTELEU.

Demande d'autorisation. — Enquête.

Le Préfet du département de la Seine-Inférieure, Officier de l'Ordre national de la Légion-d'Honneur,

La Seine servant aussi aux importations de vins (notamment en provenance d'Algérie), il n'était pas rare que dans les caves, voisinent vins et pétroles. Les plaintes des riverains étaient d'ailleurs nombreuses au sujet d'infiltrations, odeurs, et risques encourus.

Ce n'est qu'en 1888 que sera créé un bassin aux pétroles, rive gauche, par la réunion à la rive des îles Elie et Poutrel, ainsi qu'on l'a vu.

Bassin aux pétroles

Après Croisset et Dieppedalle, rendons-nous à Biessard, où nous trouvons les carrières Chouard, qui extrayaient la roche des falaises ; les pierres, transportées ensuite dans des gribanes, servaient, entre autres, aux travaux d'endiguement de la Seine, et aux travaux du port de Rouen.

Les carrières Chouard employaient 45 personnes en 1910, et 90 personnes en 1929.

Les gribanes qui servaient à transporter les pierres nous amènent tout naturellement à parler des chantiers navals. La gribane est un bateau à fond plat, solidement assemblé pour résister à de lourdes charges, comportant une voile aurique (de forme trapézoïdale), utilisé essentiellement en Basse-Seine pour le bornage, (c'est-à-dire la navigation de bâtiments de faible tonnage dans un rayon de cent milles autour du port d'attache). L'avantage de la gribane est de se charger sur le pont, grâce à son fond plat, et non en cale. Les manœuvres de chargement et de déchargement en sont donc grandement facilitées. Les gribanes ont servi pour l'endiguement de la Seine, dès 1850. Elles servaient aussi à approvisionner tous les jours les riverains et les entreprises en bois de charpente, bois de chauffage, matériaux de construction. Les carrières Chouard avaient d'ailleurs leurs propres gribanes.

Au XIXe siècle, elles étaient fabriquées au Val de La Haye, mais au XXe siècle, elles sont principalement fabriquées dans les chantiers navals de Dieppedalle. On signale aussi un atelier Basile et Havé, à Croisset, qui se chargeait de la réparation des navires ; on trouve également présence d'un chantier Colineau à Croisset. Il nous faut citer aussi les Chantiers de Normandie, que l'on voyait depuis Croisset, mais qui étaient installés rive gauche.

François Depeaux situait les industries à Croisset, Dieppedalle et Biessard. On ne trouve en effet pas trace d'industrie au Val de La Haye. L'annuaire de 1899, par exemple, énonce seulement les commerçants et artisans habituels aux petites communes.

Val-de-la-Haye, à 12 kil de Rouen. — ⊠ de Dieppedalle (à 6 kil.). — ⍑ de Grand-Couronne. — 🚂 de Petit-Couronne (2 kil.). — 367 habit.
Agriculteurs : Billard.— Delafenêtre.—Hellouin.—Rose.
Aubergistes, cafetiers et épiciers : Lemarié. — M. Thomas, *tabac*.
Bains : Grosmesnil.
Boulanger : L. Viel.
Charcutier : Loiseau.
Charpentier : Angot.
Chimiste : Coulon.
Hôtel : Lemarïé.
Menuisier : Barré.
Restaurant : Balan.

On a beaucoup parlé de la Seine comme étant au centre de l'industrialisation, à la fois cause et moyen. Il est vrai que ce sont les travaux commencés dès le milieu du siècle dernier qui ont permis l'acheminement des pondéreux sans lesquels il n'y aurait pas eu d'industrialisation possible.

Rappelons qu'en 1840, lors du retour des cendres de Napoléon, le *Normandie* ne put dépasser l'endroit où sera érigée la colonne commémorative en 1844, c'est-à-dire l'entrée du Val de La Haye (en allant vers Rouen), et que l'on dut transférer la précieuse relique sur la *Dorade* pour continuer jusqu'à Paris ; alors qu'au début de ce siècle, ce sont de lourds navires, de glorieux quatre-mâts, qui remontent la Seine, chargés de pétrole. Un des pétroliers les plus fameux reste le quatre-mâts *Quevilly*, lancé en 1898, construit aux Chantiers de Normandie.

Le Quevilly à Biessard

Ces derniers lancèrent aussi de nombreux trois-mâts, dont le *Biessard*, le *Croisset* et le *Dieppedalle*, ainsi nommés pour la plus grande fierté des ouvriers habitant ces villages et travaillant rive gauche, sur les chantiers. La carrière de ces trois-mâts fut malheureusement assez courte, arrêtée respectivement par une disparition, un échouement, et un incendie.

Les incendies de navires n'étaient d'ailleurs pas rares. Ainsi, le *Journal de Rouen* des 19 et 21 juillet 1888 relate l'incendie à Dieppedalle du steamer *Asturiano* et du chaland *Juliette*, faisant six victimes.

Un autre incendie avait eu lieu à Dieppedalle le 26 janvier 1878, mais cette fois dans un dépôt de pétrole, ainsi que l'atteste le *Journal de Rouen* du 27 janvier 1878. Il n'y avait, heureusement, pas eu de victime, non plus d'ailleurs que lors de la *secousse de tremblement de terre* narrée par le *Journal de Rouen* deux jours plus tard.

Le Steamer incendié

Le steamer *Asturiano* et le chaland *Juliette* ont continué à brûler toute la nuit, sans qu'aucun incident se soit produit.

Hier, vers dix heures du matin, le chaland, échoué sur la berge, a jeté ses dernières flammes. Couché sur le côté, il s'est enfoncé petit à petit, et finalement l'eau de la Seine s'est engouffrée dedans. Cette invasion d'eau a ravivé pour quelques instants le brûlot ; les derniers restes d'huile minérale enflammée se sont répandus sur le fleuve, formant une large nappe en ignition. Un immense bouillonnement s'est produit à la surface de l'eau, puis, peu à peu, le feu s'est éteint sur place.

De ce côté- là, on était rassuré.

Quant au steamer, il continuait à lancer en l'air d'immenses tourbillons de flammes et de fumée : sous l'action de cet énorme foyer, la membrure de la coque paraissait se désagréger petit à petit ; il semblait qu'elle se soulevât par les deux extrémités, tandis que le milieu avait l'air de s'enfoncer. La carcasse métallique allait-elle ouvrir ses flancs et déverser sur le fleuve tout le liquide enflammé qu'elle renfermait ? On n'était pas sans inquiétude à ce sujet.

Hier, pendant la matinée, M. Cadart, ingénieur des ponts et chaussées, s'est rendu à Dieppedalle. Dans l'après-midi, M. Blouet, capitaine du port, s'y est transporté à son tour. Sur leurs indications, on a pris des dispositions de nature à éviter tout danger. Le navire-brûlot a été fixé solidement de tous côtés. A sept heures du soir, M. Blouet quittait Dieppedalle complétement rassuré.

C'est vers le centre du steamer que le foyer était le plus intense. A cet endroit-là, les flammes jaillissaient à une grande hauteur, formant comme d'immenses spirales rougeâtres ; il devait y avoir un foyer formé autour des machines, qui devaient constituer comme une cheminée d'appel.

Les tôles du navire se sont affaissées du côté de tribord, c'est-à-dire du côté qui a eu le plus à souffrir de l'action du foyer, puisque le navire penchait à babord depuis jeudi l'après midi ; mais la partie qui est sous l'eau a naturellement résisté, et il n'y a pas de fâcheuses conséquences à redouter.

Le pétrole achèvera probablement de se consumer aujourd'hui. Dès l'après-midi, on prendra les mesures nécessaires pour échouer la coque sur la berge de la rive gauche.

Hier, le capitaine de port, M. Blouet, a consacré toute sa matinée à faire l'enquête sur les causes de la catastrophe. Il a interrogé l'un après l'autre tous les ouvriers du port qui ont été employés au déchargement de l'*Asturiano*.

L'avis d'un grand nombre est que le feu a pris du côté de la chambre des machines. Il semble hors de doute, par leurs témoignages, que c'est bien dans le navire que le feu a pris naissance, et non dans le chaland *Juliette*.

Quant à la cause directe, elle reste encore un mystère. Les ouvriers déclarent bien avoir vu des lampes allumées dans la chambre des machines, mais c'était la veille de la catastrophe.

La responsabilité du garde-feu du steamer est à couvert ; cet homme était descendu dans une barque, pour déjeuner, quand la catastrophe s'est produite. Il s'était fait remplacer par le garde-feu du chaland *Les-Trois-Frères*, qui était posté sur le gaillard d'avant de l'*Asturiano* lorsque l'explosion a eu lieu. Il n'est que trop évident que le garde-feu ne peut surveiller tous les recoins d'un navire à la fois, et que des imprudences peuvent être commises sans qu'il puisse les empêcher.

C'est sans doute ce qui est arrivé.

Dans un grand nombre de quartiers de Rouen on a ressenti hier, vers midi, une forte commotion qui a fait penser aussitôt à une secousse de tremblement de terre. Place de la Cathédrale, on a entendu comme un sourd coup de canon ; rue Verte, les fenêtres ont tremblé, les habitants croyaient au passage d'une lourde voiture, mais il n'y en avait pas à ce moment dans la rue ; dans une cave, rue du Vert-Buisson, un rang de bouteilles s'est écroulé deux d'entre elles ont été cassées ; rue Jeanne-Darc, deux personnes qui se trouvaient dans une salle à manger ont été agitées sur leurs siéges et des vases ont été renversés ; dans plusieurs rues voisines de l'Hôtel-Dieu et sur divers autres points de notre ville on a éprouvé des phénomènes du même genre qui semblaient inexplicables.

Nous devons ajouter qu'au laboratoire de physique les instruments n'ont pas subi les mouvements qui d'habitude annoncent les tremblements de terre. Le télégraphe également n'a donné aucun avertissement.

On avait supposé, en conséquence, une explosion de mine près de Rouen, mais il n'y a rien eu de semblable. L'incendie de Dieppedalle se calme progressivement et n'a donné lieu à aucune détonation. C'est donc bien à une secousse de tremblement de terre à Rouen qu'il faut attribuer les commotions que nous avons signalées.

Cette secousse se serait même étendue assez loin, car voici ce que nous lisons dans le *Journal du Havre* d'hier :

« Aujourd'hui lundi, vers midi, s'est fait sentir dans notre ville une assez violente secousse de tremblement de terre, qui a duré environ dix à quinze secondes. »

On voit bien que l'industrialisation n'allait pas sans risques... Faut-il relier à l'exploitation des carrières les éboulements de falaise qui eurent lieu, à Dieppedalle en janvier 1892, puis à Croisset en octobre 1894 ? L'hypothèse n'apparaît pas dans les journaux de l'époque, qui relatent pourtant les faits avec un grand luxe de détails.

Les quais

Un Éboulement à Croisset

Un accident du genre de celui qui s'est produit à Dieppedalle, il y a deux ans, est arrivé hier à Croisset.

Vers une heure de l'après-midi, un énorme bloc de pierre s'est détaché de la crête de la falaise, et s'est abattu dans la cour de M. Delahaye.

La chute de cette masse a violemment ébranlé le sol. Le bruit en a été entendu au loin, et, de toutes parts, on est accouru, croyant à une détonation.

On pouvait craindre que, comme à Dieppedalle, il n'y eût des victimes. Par bonheur, personne n'avait été atteint. La roche éboulée avait rencontré le hangar de M. Delahaye, attenant à la cave creusée dans la falaise, ainsi que toutes celles du pays.

Le hangar, qui servait aussi de buanderie, avait été aplati avec tout le matériel qui s'y trouvait : quelques lapins et volailles avaient été aussi été écrasés.

C'est une chance que l'accident ne se soit pas produit une demi-heure plus tôt, car, à ce moment là encore, M. Delahaye, son fils et son neveu, travaillaient dans le hangar, et ces trois personnes n'auraient pas eu le temps de se sauver.

La masse éboulée s'est fracassée en plusieurs morceaux en touchant le sol. L'un de ces morceaux, resté juste au pied de la falaise, sur les débris du hangar, couvre entièrement l'entrée de la cave. C'est un bloc d'une grosseur colossale, qu'il sera difficile de faire éclater pour l'enlever.

Les autres fragments s'éparpillent sur une étendue de plusieurs mètres dans la cour de M. Delahaye, formant un champ de désolation comparable à celui qu'on avait vu à Dieppedalle et sous lequel on avait eu tant de peine à rechercher et à extraire les cadavres d'une femme et d'un petit enfant.

Les pierres arrivent presque jusqu'au pied de la maison de M. Delahaye, vers la salle de billard qu'il avait fait construire récemment, et la salle du bal qui est bien connue des promeneurs.

L'endroit d'où le bloc s'est détaché se trouve juste en bordure d'un chemin communal qui longe le sommet de la falaise. Il y aura sans doute des précautions à prendre.

Les fissures qu'on remarquait depuis quelque temps dans la falaise ne donnaient que trop à prévoir un éboulement imminent. D'autres fissures se voient encore dans ces parages, notamment du côté de M. Wagner.

Le service des mines va sans nul doute prendre les mesures commandées par les circonstances. Après la catastrophe de Dieppedalle, nous avions insisté pour qu'il veillât de près à l'état de ces falaises. L'accident d'hier impose un redoublement de surveillance, afin de prévenir des catastrophes toujours possibles, comme le démontre une fois de plus ce qui vient d'arriver.

La Catastrophe de Dieppedalle

Éboulement de la Falaise. — Deux Victimes

Un fracas terrible, semblable au roulement du tonnerre, jetait l'émoi, hier, vers cinq heures de l'après-midi, à Dieppedalle. Une violente commotion avait ébranlé le sol au loin pendant quelques secondes. Toute une partie du sommet de la falaise, au lieu dit la Cavée, venait de s'ébouler sur une longueur de 150 mètres, dans un affaissement instantané, comme un écroulement de roches effritées, du milieu desquelles se détachaient d'énormes blocs qui semblaient devoir anéantir les maisons, distantes d'à peine trente mètres du pied de la muraille.

De ces maisons partaient des cris d'effroi. On se précipitait de tous côtés ; on redoutait d'apprendre qu'il y eût des victimes, car derrière les maisons, et adossées à la falaise, se trouvaient des constructions en planches, lavoirs, hangars, buanderies, sans parler des caves taillées dans la roche ; et tout cela était enseveli sous l'avalanche des blocs.

L'un des premiers arrivés était un journalier, nommé Louis Ferrand, âgé de soixante-deux ans, et deux de ses enfants, tous trois pleurant, car le fatal éboulement avait coûté la vie à deux êtres qui leur étaient chers : la femme du malheureux journalier, et son dernier enfant, petit garçon de cinq ans.

Nous avons vu le pauvre homme, dont la douleur fait peine à voir. Au milieu de sanglots qui l'étouffaient, il nous a raconté ce qui s'était passé :

— J'étais là, nous a-t-il dit, pas bien loin à travailler quand le malheur est arrivé. Tout le haut de la falaise s'est écroulé en quelques secondes. Je me suis retourné en entendant le bruit ; ma buanderie était sous les roches. Ma pauvre femme y était à laver. Il n'y avait pas deux heures qu'elle était revenue de Rouen où elle était allée placer ma fille aînée comme domestique. Elle s'était mise aussitôt à lui laver du linge. Je ne l'ai pas entendue appeler.

— Et votre enfant ?

— Le pauvre petit était dans la maison ; ma seconde fille m'a dit qu'elle l'avait vu aller du côté de la buanderie pour voir sa mère quelques instants avant l'éboulement. Et puis, elle l'a entendu crier : « Maman ! maman ! » C'est tout ce qu'on a entendu. J'ai pris une pioche pour aller à eux ; mais que faire devant tout cela ? les jambes m'ont manqué. C'est un terrible coup pour moi. J'ai quatre autres enfants, ajoute le pauvre père, avec un accablement qui en dit long sur la misère de cet homme déjà âgé que cette catastrophe laisse seul avec trois jeunes bouches à nourrir.

Que faire, en effet, comme il le disait, devant un éboulis énorme qui atteint par endroits cinq et six mètres de hauteur sur une longueur d'une vingtaine de mètres. La grande masse est formée de pierres effritées d'où émergent, laissant vide à côté d'eux, des blocs d'une grosseur prodigieuse : certains ont jusqu'à cinq mètres de longueur.

Une seule maison a été atteinte, celle de M. Aimé, propriétaire à Rouen, habitée par un employé, M. Seuard. L'un des blocs a roulé jusqu'à cette maison et l'a en partie défoncée, sans causer d'autre mal, heureusement, que des dégâts matériels. C'est hasard que personne n'ait été blessé dans la maison, car les sommiers sont bouleversés, et l'on a dû les étayer.

Cette maison était comme la buanderie où la malheureuse femme Ferrand a trouvé la mort avec son enfant, précisément en face d'un étage de la falaise dont le sommet surplombait de quelques mètres, formant comme un énorme parapluie au-dessus de la buanderie. Cette dernière a dû être culbutée par l'affaissement instantané de l'étage et ensevelie immédiatement.

Soixante mètres plus loin, neuf personnes avaient failli être écrasées aussi. Là se trouve le lavoir de M. Lorillon, blanchisseur. Mme Lorillon y travaillait avec huit employées : Mlles Virginie et Jeanne Laurent, Désirée et Adélaïde Larcher, Louise Mongrard, Alice de la Métairie, Valentine Ducoudray et Mme Guéret. Fort heureusement, au moment de l'éboulement, toutes ces personnes venaient de passer dans la buanderie, creusée dans la roche, à deux pas du lavoir, à l'exception de Virginie Laurent, restée dans ce baraquement, qui a été renversé.

Virginie Laurent, au premier bruit et comme avertie par un pressentiment, s'était précipitée dans la buanderie, sans pouvoir prononcer un mot, et le lavoir s'était renversé derrière elle. La jeune fille a éprouvé une frayeur qui se devine : « Je sens encore le vent qui m'a frôlée, » disait-elle en racontant les faits.

Il a fallu dégager l'entrée de la buanderie pour faire sortir les ouvrières, qui osaient à peine s'aventurer au dehors, à peine encore devinant ce qui s'était passé.

M. Vinet, adjoint au maire de la commune, était accouru à la première nouvelle de la catastrophe. Il s'est empressé, en voyant l'étendue du désastre, de télégraphier à M. le préfet. M. Cauro, secrétaire général de la préfecture, est parti immédiatement de Rouen avec M. de Genouillac, ingénieur en chef, et M. Boëll, ingénieur ordinaire des mines.

Les habitants de Dieppedalle s'étaient mis à l'ouvrage avec empressement. Mais comment s'y prendre pour arriver aux victimes. Il n'était pas sûr que Mme Ferrand fût sous la buanderie ; peut-être s'était-elle réfugiée dans sa cave, elle aussi ensevelie.

A tout hasard, on a commencé par déblayer à l'endroit où s'élevait la buanderie. On rejetait les déblais à côté ; mais quel que fût le nombre des bras, le travail n'avançait guère.

On n'a pas arrêté de toute la nuit.

Au moment de mettre sous presse, nous recevons cette dépêche succincte, expédiée à minuit 40 :

« L'enfant est retrouvé. »

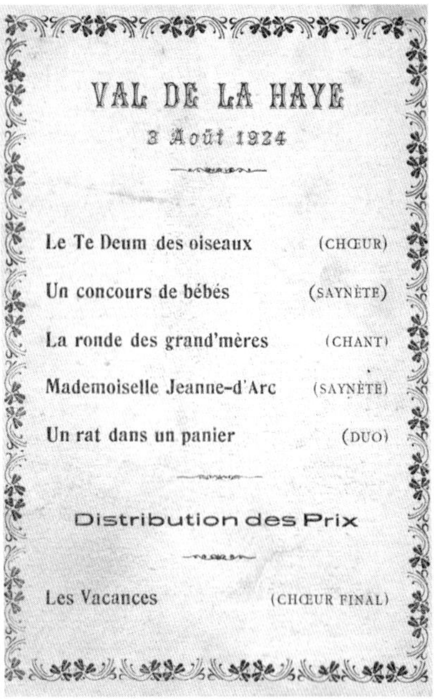

VAL DE LA HAYE

3 Août 1924

Le Te Deum des oiseaux	(CHŒUR)
Un concours de bébés	(SAYNÈTE)
La ronde des grand'mères	(CHANT)
Mademoiselle Jeanne-d'Arc	(SAYNÈTE)
Un rat dans un panier	(DUO)

Distribution des Prix

Les Vacances	(CHŒUR FINAL)

Mariage au Val-de-La-Haye, vers 1900

Communion au Val-de-La-Haye, vers 1900
(le reposoir est dressé à côté de la maison du passeur du bac)

Chapitre XII

FIN DE L'EXCURSION

Il est onze heures du soir. Miche et ses parents s'attardent autour du café et des liqueurs. Dans la grande salle à manger illuminée a giorno, il ne reste que quelques dîneurs qui bavardent à voix feutrée. Les lourdes nappes d'une blancheur impeccable, l'argenterie brillante, les assiettes de porcelaine joliment décorées, les verres de cristal, les lustres rutilants, l'air doux et chaud qui rentre par les fenêtres entrouvertes, le bruit léger des conversations, font de ce lieu et de cette heure un de ces moments inoubliables, où il fait si bon vivre.

C'est à regret que nous allons quitter cette salle et ses occupants. Avant de nous séparer, donnons un dernier coup d'œil sur les fêtes qui se déroulaient rive droite. Nous avons déjà parlé des régates, nous avons vu Flaubert se réjouir de la vision d'un gâteau de mariage transporté sur le bateau de La Bouille. Nous sommes en Normandie : les fêtes y ont une grande importance ; outre les foires et fêtes traditionnelles (la foire Saint-Romain, que Flaubert ne manquait jamais, la fête Saint-Gilles, la fête Saint-Vivien, la Saint-Gourgon) qui annoncent souvent la fin des travaux des champs et sont l'occasion, en septembre ou octobre, de la vente de bestiaux et du louage de la main-d'œuvre agricole, les évènements de la vie familiale rythment les saisons et les années, sont le prétexte de réunions et de grands repas. Mariages, communions, baptêmes, distributions des prix, fêtes traditionnelles, s'accompagnent de fastes vestimentaires, et surtout culinaires, ainsi que le décrit Eugène Noël, dans *Rouen, Rouennais, Rouenneries* :

« Nous allions d'abord fêter la Saint-Gilles chez la sœur aînée de mon père. La Saint-Gilles, qui se célèbre le 1er septembre, est, comme on sait, la grande *farcée* d'automne ; c'est le chant, c'est la danse, c'est la *bauffrerie* des récoltes rentrées. La grange est pleine et la sacoche ronde. Tout à l'heure va recommencer la série des travaux pour la récolte prochaine ; en octobre reparaîtra la charrue ; mais en septembre, faulx et faucille ont fini leur tâche… […] Dans le souvenir qui m'en reste, je ne retrouve que festins et festins : dîner, collation, souper, regoubillonnage de soixante heures, et pas la moindre dévotion. L'oncle, cependant, maire et *porteux* de sa paroisse, en était aussi le grand chantre : mais la Saint-Gilles était la Saint-Gilles qui se fêtait à table beaucoup plus qu'à l'église. Gustave Flaubert, dans sa correspondance, parlant d'un dîner chez son père [...] résume en ce peu de mots toute l'affaire : "On a bu et mâqué." [...] Il suffit que Flaubert ait très bien et très brièvement caractérisé les dîneries sans fin, fréquentes en ce temps-là, surtout à la campagne. Lorsque nous arrivâmes, vers le milieu du jour, la table était mise. Vingt à vingt-cinq couverts sur une longue table ; nappe et serviettes de cette exquise blancheur qu'on ne trouve qu'aux champs ; belles assiettes vieux Rouen, cruches, cruchons, canettes *idem* ; des verres en simple verre, mais d'une netteté qui les changeait en cristal ; cuillers et fourchettes d'argent pour les principaux convives, le reste en étain, mais d'une propreté telle que c'était un vrai luxe. Pas de couteaux, chacun devant apporter le sien ; on s'asseyait le chapeau sur la tête. Se découvrir semblait impolitesse.

Ma tante Victoire, avec sa large croix d'or, son activité, sa gaieté, son bon cœur, était splendide. Elle avait trois mois durant préparé ce festin par ses élevages attentifs : poulets, canards, oies, dindons ; il y eut même un cochon de lait. »

Les enfants, bien sûr, n'étaient pas oubliés. On se rendait à la fête, à la cérémonie, qui à pied, qui en carriole, on attelait l'âne ou la biquette pour emmener pêle-mêle les plus jeunes... On se donnait le bras le long des chemins en cortèges étirés, joyeux et colorés, sous les fleurs épanouies des ombrelles et des parapluies…

Laissons le mot de la fin à Miche qui, montée dans sa chambre, s'est accoudée à sa fenêtre, pour contempler une dernière fois la Seine. Demain matin, elle reprendra le bateau, mais elle sait qu'elle reviendra... Avant d'aller dormir, elle a un sourire espiègle et salue la Seine d'un grand geste amical en lui lançant : « À bientôt, la Seine ! Tout est si délicieux, ici ! »

Petite charrette sur le quai du Val-de-La-Haye

INDEX

BIBLIOGRAPHIE SOMMAIRE

Georges Dubosc, *À travers Rouen ancien et moderne*, Lib. Defontaine, 1920.
Georges Dubosc, *Rouen-Ville Musée*, Syndicat d'Initiative de Rouen, 1922, 1926.
Gustave Flaubert, *Correspondance générale*, Éd. Fasquelle, 1904.
Gustave Flaubert, *Lettres de Flaubert à sa nièce Caroline*, Éd. Fasquelle, 1906.
Edmond et Jules de Goncourt, *Journal*, Éd. Charpentier, 1888, 1912, 1913, 1916.
François Lespinasse, *L'École de Rouen*, Éd. Fernandez Frères, 1980.
François Lespinasse, Joseph Delattre, *Lespinasse,* 1985.
Guy de Maupassant, *L'Angélus*, Revue de Paris, avril 1895.
Guy de Maupassant, *Le Horla*, Gil Blas, 26 octobre 1886.
Guy de Maupassant, *Bel-Ami*, Éd. Conard 1907 à 1910.
Eugène Noël, *Rouen, Rouennais, Rouenneries*, Lib. Schneider, 1894.
Émile Zola, *La faute de l'Abbé Mouret*, Éd. Fasquelle, 1927.
Émile Zola, *L'Œuvre*, Éd. Fasquelle, 1927.

GUIDES, REVUES ET JOURNAUX

François Depeaux, *Projet de bassin à flot*, 1907.
Th. Licquet, *Rouen son histoire ses monuments*, Lib. Métérie, 1879.
Louis Muller, *Guide du promeneur autour de Rouen*, Langlois, 1890.
De Rouen à la mer, itinéraire archéologique et pittoresque, Augé, 1870.
Les environs de Rouen, Augé, 1890.
Rouen au Havre par la Seine-Maritime, Cie Rouennaise de Navigation, 1924.
Seine-Inférieure, Guide Joanne, 1875, 1913.
Annuaire de Rouen, années 1899, 1900, 1928.
Côtes Fleuries de Normandie, juillet 1925, août 1925.
Les Côtes Fleuries et le Pays normand, automne-hiver 1925, printemps-été 1926.
Rouen-Gazette, 03.09.1910 ; 06.07.1929 ; 30.11.1929.
La Dépêche de Rouen, 09.04.1930 ; 17.03.1933.
La Normandie illustrée, juillet 1926, septembre 1926, février 1927.
Le Journal de Rouen, 12.11.1866 ; 27.01.1878 ; 29.01.1878 ; 28.07.1882 ; 28.04.1888 ; 21.07.1888 ; 22.01.1892 ; 25.10.1894 ; 04.06.1899 ; 09.06.1899 ; 03.08.1902 ; 25.09.1916 ; 04.07.1922 ; 09.04.1930 ; 07.08.1930 ; 16.05.1931 ; 17.03.1933.

TABLE DES ILLUSTRATIONS

HORS-TEXTE COULEUR

CRÉDIT PHOTOGRAPHIQUE

ARCHIVES DE CANTELEU :

4, 94, 95, 124, 125, 133, 138, 140, 142, 143, 145, 152.

CENTRE DE DOCUMENTATION DU PATRIMOINE :

33 (copyright n° 8076 1212 Miossec).
34 (copyright n° 8076 1206 Miossec).
146 (copyright n° 9676 2470 Kollmann).
147 (copyright n° 9676 2471 Kollmann).
148 (copyright n° 9676 2472 Kollmann).
149 (copyright n° 9676 2474 Kollmann).

PORT AUTONOME DE ROUEN :

101.

FRANÇOIS LESPINASSE :

8, 83, 170 (Studio Arand), 171, 172, 173, 174, 175, 176, 177, 178.

MADAME SOLÉRA :

36, 37, 38, 39, 151.

FABIEN PERSIL :

1, 2, 3, 5, 6, 7, 9, 10, 11, 12, 13, 14, 15, 16, 17, 18, 19, 20, 21, 22, 23, 24, 25, 26, 27, 28, 29, 30, 31, 32, 35, 40, 41, 42, 43, 44, 45, 46, 47, 48, 49, 50, 51, 52, 53, 54, 55, 56, 57, 58, 59, 60, 61, 62, 63, 64, 65, 66, 67, 68, 69, 70, 71, 72, 73, 74, 75, 76, 77, 78, 79, 80, 81, 82, 84, 85, 86, 87, 88, 89, 90, 91, 92, 93, 96, 97, 98, 99, 100, 102, 103, 104, 105, 106, 107, 108, 109, 110, 111, 112, 113, 114, 115, 116, 117, 118, 119, 120, 121, 122, 123, 126, 127, 128, 129, 130, 131, 132, 134, 135, 136, 137, 139, 141, 144, 150, 153, 154, 155, 156, 157, 158, 159, 160, 161, 162, 163, 164, 165, 166, 167, 168, 169.

REMERCIEMENTS

Nous voudrions adresser nos plus vifs remerciements à toutes les personnes qui nous ont aidés et encouragés dans la rédaction de cet ouvrage, et tout particulièrement :

Monsieur Gilles Nadin, pour son aimable patience et ses conseils ; Monsieur François Lespinasse, pour son érudition, les ektachromes qu'il a bien voulu nous prêter, et pour l'autorisation qu'il nous a donnée de citer ses ouvrages ; les archives municipales et la mairie de Canteleu pour leur accueil et leur aide ; Madame Corinne Burdzinska, sans qui ce livre n'aurait peut-être pas vu le jour ; la famille Goupil, qui a mis si aimablement à notre disposition sa connaissance de Dieppedalle et certaines cartes postales ; l'équipe du Centre de Documentation du Patrimoine de Rouen, et particulièrement Monsieur Philippe Chéron ; Madame Legal, archiviste du port autonome de Rouen ; Monsieur Franck Hartnagel, archiviste ; Monsieur Langlois, qui a mis à notre disposition ses compétences photographiques ; Monsieur Frédéric David ; Madame Richer ; Monsieur Guy Bonet, qui nous a accompagnés tout au long de notre travail ; et enfin Monsieur et Madame Aimé Wavelet, qui nous ont transmis leur amour pour la forêt de Roumare.

Maquette : Alain Ponthieu

Achevé d'imprimer par Corlet, Imprimeur, S.A.
14110 Condé-sur-Noireau (France)
N° d'Imprimeur : 33888 - Dépôt légal : avril 1999

Imprimé en U.E.